나를 구독해줘

폴앤니나 소설 시리즈 007

나를 구독해줘

김하율

폴앤니나

COSMETIC ROAD

COSME RD

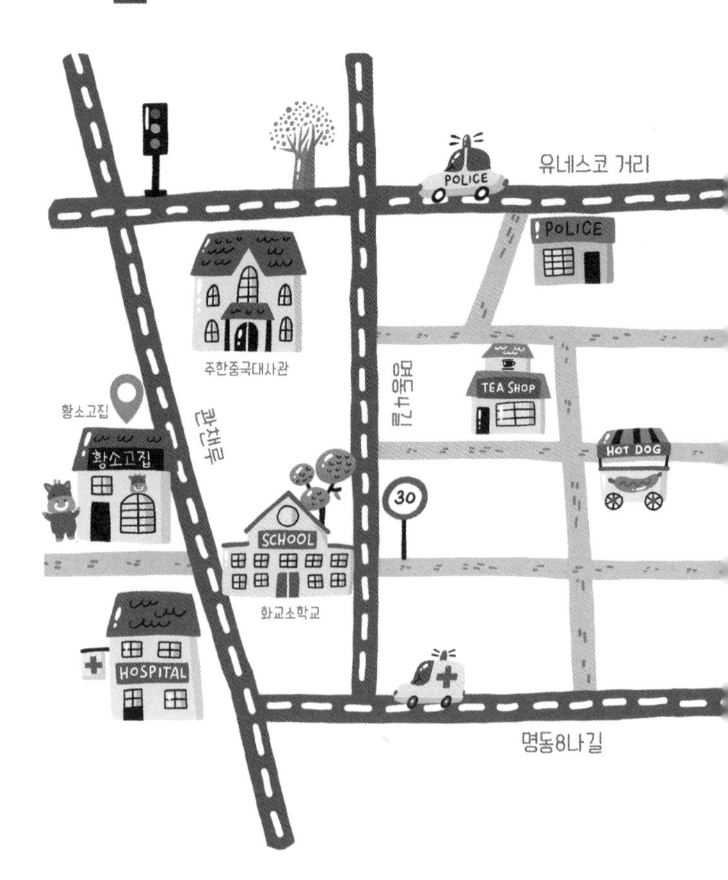

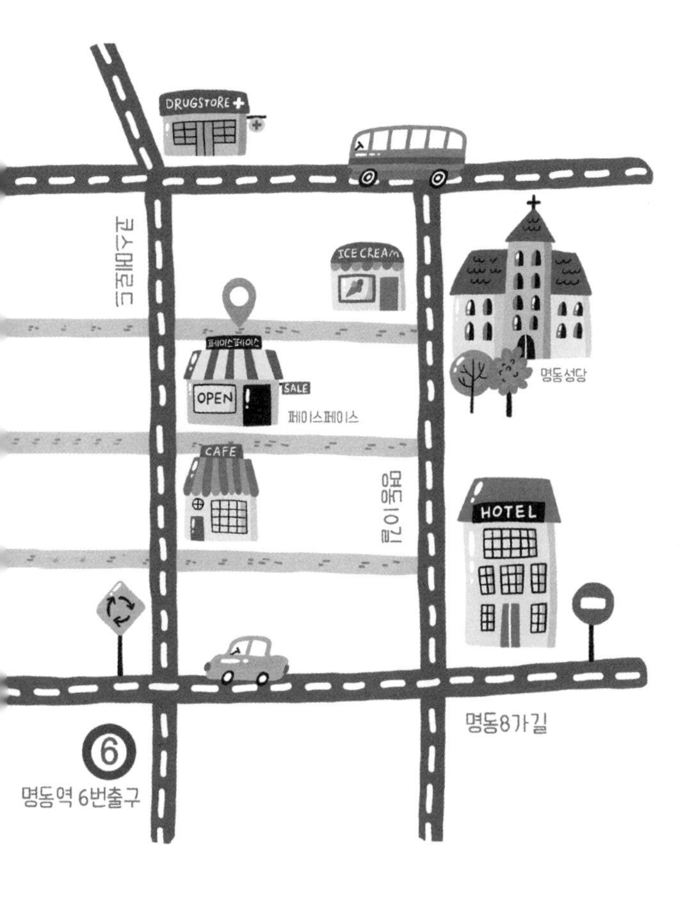

코스메로드 대한민국에서 임대료가 가장 비싼 금싸라기 땅, 명동 그중에서도 100여 개의 화장품 매장이 들어선 거리

나를 구독해줘

내가 그의 썸네일을 누르기 전에는
그는 다만
하나의 콘텐츠에 지나지 않았다

내가 그의 좋아요를 눌러주었을 때
그는 나에게로 와서
채널이 되었다

내가 그의 좋아요를 눌러준 것처럼
나의 적성과 스펙에 알맞은
누가 나의 구독 버튼을 눌러다오
그에게로 가서 나도
그의 채널이 되고 싶다

우리들은 모두
크리에이터가 되고 싶다
너는 나에게 나는 너에게
잊혀지지 않는 하나의 채널이 되고 싶다

※ 김춘수의 시 〈꽃〉을 변주함

차례

보디

클렌징

기초

영업의 여제들

이 길을 황금길이라고 부른다. 대한민국에서 임대료가 제일 비싼 금싸라기 땅, 명동. 그중에서도 중심가이기 때문이다. 2014년에 바뀐 새 주소 표기법으로는 명동8길. 위치로는 4호선 명동역 6번 출구에서 명동예술극장까지 직진 300m의 거리를 말한다. 하지만 이 길의 정체성으로 가장 적절한 이름이라면 단연, 코스메로드다.

엔 환율이 높던 시절에 이 거리는 일본 관광객으로 넘쳤다. 특히 여성 관광객들이 많았던 이유는 한류 때문이었다. 그들은 한류 인기 배우가 전속 모델로 있는 화장품을 사기 위해 무던히도 찾아왔다. 이후 한류는 중국과 베트남, 태국, 인도네시아 등으로 세력을 확장했다. 피라미드나 만리장성, 타지마할, 융프라우, 그랜드 캐니언과 같이 이렇다 하게 보여줄 만한 관광지가 없어서 멋쩍던 찰나에 한국은 K-POP, K-Beauty라는 새로운 관광문화를 만들어냈다. 그리고 써보니 한국 화장품의 가격 대비 성능이 꽤 괜찮더라는 후문이 돌았다. 이제는 오로지 화장품만 도매로 사가는 보따리 상인도 있다.

이에 가장 많은 수혜를 입은 곳도 바로 이 길이다. 한 집 건너 한 집이 아닌 한 집 옆에 바로 다른 한 집 식으로 화장품 매장이 우후죽순으로 생겼다. 현재 8길에만 20여 개의 매장이 있고 양옆 블록인 8나길과, 8가길, 4길과 10길까지 더한다면 100개가 넘는 로드숍이 있는 셈이다. 무슨 화장품 브랜드가 100개나 되느냐고? 그중 인기 있는 메인 브랜드들은 매장이 5호점에서 6호점까지도 있다. 이 동네를 한참 걷다 보면 같은 곳을 돌고 있나 싶은 기시감이 들곤 하는데 똑같은 간판들이 너무 많기 때문이다. 코스메틱을 코스메로 줄여 부르기 시작하면서 이 길은 코스메로드가 되었다.

그중 페이스페이스는 잘나가는 브랜드로 특히 중국인들에게 인기가 있었다. 명동에만 여섯 군데가 있는데 내가 있는 곳은 1호점으로 중앙로의 3분의 2 지점에 존재한다. 그러니까 6번 출구와 명동예술극장 사이에서 극장에 좀 더 가까운 셈이다.

그리고 이곳은 우리 유년의 장소이기도 하다. 유화와 내가 나온 고등학교는 교문을 지나 계단을 내려와 큰길을 건너면 바로 명동이 나왔다. 시대도 변하고 상권도 변해서 유화 부모님 식당 간판도 자주 바뀌었지만 사람 많은 것과 관광객 많은 것은 여전하다.

"요즘 가장 핫한 진상은 어느 민족이야?"

나는 오징어덮밥을 비비며 말했다. 이번 주 내내 오징어덮밥만 먹어서 유화는 냄새만 맡아도 질린다는 표정이었다. 나는 일주일 단위로 식단을 바꾼다. 노량진에 있을 때부터의 습관이다.

"시간대별로 달라. 오전엔 몽골, 오후엔 러시아. 야간엔 중국."

신기하네. '명동 상권의 시간대별 진상 손님 연구'라는 제목의 연구 주제가 떠올랐다. 나는 눈을 크게 뜨고 물었다.

"정말? 왜 그런 걸까?"

"낸들 아냐."

유화는 진저리가 난다는 듯 어깨를 부르르 떨며 말했다. 하지만 환전소를 운영하는 유화는 내 친구 중 돈을 물리적으로 가장 많이 만졌다. 버는 것과는 별개로.

"좀 전에 90년대 생에 관해 설명해놓은 책에서 보니

까 우리는 워라밸을 중시하고 집단문화를 싫어하며 물질을 중요하게 생각하지 않는대."

"개소리네."

"개소리지."

워라밸 따위 개나 줘버리고 집단문화도 얼마든지 할 수 있으며 물질이 제일 중요하다. 집도 절도 없이 쫓겨나 보니 그렇다. 마치 우리를 외계인처럼 묘사해놓은 것은 본인들 편하자고 그러는 것 같다. 지구인들이 외계인은 이렇게 생겼을 거야, 아무렴 우리와 다르게 생기고말고. 스스로 안도하는 것처럼.

"그런데 네가 책을 다 읽고 웬일이야."

나는 새삼 유화를 쳐다보며 말했다. 유화가 읽는 행위를 하는 건 주로 연예인 가십 기사나 부동산 관련 뉴스가 전부다.

"어떤 손님이 놓고 갔더라고. 하도 심심해서."

유화는 내 손에 쥐어진 책을 힐끔 쳐다보고 말했다.

"아직도 화장품 관련 책 읽어?"

"응. 적을 알아야 내가 이기지. 백전백승."

"풋. 쯧."

유화가 조소에 가까운 미소를 날리며 혀를 찼다. 둘 중 하나만 하지. 비웃으며 혀 차기. 저것도 기술이다. 어릴 때부터 그랬다. 내가 생각을 할 때 유화는 행동으로 옮겼다. 수능시험을 마치고 크리스마스 무렵 유화의 부모님은 우리를 놀게 두지 않았다. 경험을 쌓으라는 명목하에 용돈을 벌라고 아르바이트를 시켰는데 그 당시 유행하던 긴 막대에 끼운 사탕을 파는 일이었다. 그것도 명동 길거리 한복판에서. 유화 부모님은 물건을 떼어준 후 우리에게 팔기만 하면 그건 다 너희 돈이라고 말했다. 그 말에 달려들었으나 내가 어떻게 하면 잘 팔까 고객 유형과 상권 연구를 하는 동안 유화는 이미 다 팔고 나를 한심한 듯 쳐다봤다. 바로 지금처럼.

"내가 말했을 텐데. 네 사장이 원하는 건 매출이 오르는 거지, 네가 화장품학 박사가 되는 게 아니라고."

"나도 알아. 하지만 이렇게 생겨먹은 걸 어쩌겠냐."

운동 하나를 배울 때도 이론 책부터 사서 마스터를 하고 나야 마음이 놓이는 성격이다. 난데없이 화장품 매장의 직원이 된 후 내가 가장 먼저 한 일은 화장품 성분학과 화장 산업의 역사에 관한 책을 산 것이다. 그래야 안심이 된다. 지구인이 외계인을 E.T.처럼 그려놔야 마음을 놓는 것처럼.

"너무 오래 생각하지 마라. 짤리는 건 순간이니까."

유화가 불고기의 당면을 호로록 먹으며 말했다. 섭섭

하게스리. 맛있게 먹고 있던 오징어덮밥에서 입맛이 사라졌다. 나는 아직 공시생의 버릇을 못 버리고 있는 건가. 밥 먹을 때도 화장실 갈 때도 손에 책이 쥐어져 있지 않으면 불안하다. 손에 든 책을 나는 물끄러미 바라보았다.

"참, 이거."

유화가 생각났다는 듯 작은 쇼핑백에 든 물건을 내게 내밀었다.

"뭔데?"

"독일제가 제일 짱짱하대."

유화가 고개를 앞으로 내밀며 쓸데없이 은밀하게 말했다. 안을 들여다보다 피식 웃음이 났다. 역시 베프. 압박스타킹이었다. 9시부터 7시까지 10시간의 근무를 끝내고 퇴근하는 길이면 마음보다 먼저 종아리가 부풀어올랐다. 거의 온종일 서 있다시피 하니 피가 하체로 몰리기 때문이다. 직원들 열 명 중 일곱 명은 이미 하지정맥 증상이 있었다. 의료용 압박스타킹은 독일제가 좋다느니, 미국제가 튼튼하다느니 인터넷 쇼핑몰이 저렴하다는 둥, 종로 5가 의료기 상사에 종류가 많다는 둥 온갖 정보들이 휴게실을 오갔다. 나도 조만간 그 대화에 합류해야 하는 거 아닌가 싶었는데 유화가 어떻게 알고 선수를 쳤다.

"뭐야, 눈물 나는 선물이잖아."

섭섭했던 마음이 쏙 들어가고 다시 입맛이 돌았다.

"내가 유경험자로서 그 마음 안다."

언니처럼 말하는 유화의 손목에는 손목 보호대가 채워져 있었다. 원래 저 가녀린 손목으로는 피아노를 쳤더랬다. 약 1년 반 전쯤에. 음대에서 피아노를 전공한 유화는 졸업 후 학원을 나가다가 개인 교습을 하다가 벌이가 시원치 않자 부모님의 가게에 나와 서빙을 보고 있다. 그러다 최근에는 가게 옆 한편에 공간을 만들어 환전소도 개업했다. 하지만 주 업무는 고깃집 서빙이다.

"악보만 보면 속이 울렁거렸는데 지금은 불판만 보면 울렁거린다."

보호대에 시선이 가 있는 나를 의식하며 유화가 웃으며 말했다. 그 마음을 알 것도 같았다. 10시간의 육체노동은 다리를 붓게는 하지만 마음만은 상쾌하게 했다. 이런 걸 보고 고시물 뺀다고 하는 걸까. 고시 생활의 막바지에 이르러서 다들 가는 곳은 공장이나 식당이었다. 그렇게 물이 빠지고 말쑥해지면 학원으로 입성한다. 거의 그랬다. 한 달 전 나도 노량진의 그 흔한 공시생 중 하나였으므로.

"요즘은 피아노 안 쳐?"

"뚜껑 열었던 게 언젠가 싶다. 엄두가 안 나. 칠 기운도 없고.”

스산한 미소를 지으며 유화가 말했다. 엄마와 마지막으로 통화한 이후 지금까지 우린 연락을 안 하고 있다.

“그만큼 해줬으면 나도 네 아빠도 할 만큼 했다. 네 인생만큼이나 내 인생도 중요해. 우리에게도 노후라는 게 있으니까.”

이혼 이후 ‘우리’라는 말로 두 사람을 묶어 엄마가 말한 게 처음인 거 같았다. 엄마가 말하는 ‘그만큼’이란, 몇 년째 낙방을 말했다. 나중엔 이거 내가 왜 하고 있지? 왜 하려고 했더라? 왜 해야 하지? 하는 의문만이 남았다.

고시원에서도 쫓겨나 오갈 데 없는 딸이 궁금하지도 않은지 엄만 전화 한 통도 없다. 내가 안 하니 엄마도 안 한다. 아빠는 아주 가끔 생존 안부만 전하는 사이다. 아무도 내게 관심이 없다. 이렇게 생각하니 다시금 입맛이 없어졌지만 그릇은 이미 깨끗하게 비운 상태였다. 주머니가 비었다는 걸 위장이 본능적으로 느낀 건지 요즘 이상하게 먹어도 먹어도 배가 고프다.

“몸까지 아프면 더 서럽다. 몸 아껴.”

유경험자인 유화가 일어나며 말했다. 유화는 환전소로 나는 화장품 매장으로. 우리의 점심시간은 오늘도 이렇게 끝이 났다. 나이 서른에 이제 홀로서기를 시작한 나는 터덜터덜 매장으로 발걸음을 옮겼다. 홍콩의 코즈웨이 베이, 도쿄의 신주쿠와 시부야, 북경의 왕푸징이 있다면 서울에는 명동이 있다더니 식당이며 옷가게, 화장품가게, 신발가게 어디를 가나 사람들로 북적였다. 여행용 가방을 끄는 다국적 관광객들 사이를 요령껏 피해 다니며 일터로 돌아왔다.

나는 매일 퇴근하기 전 작성하는 근무일지 외에 나만의 작업 노트를 쓰고 있다. 책을 읽으며 알게 되는 이야기를 일기 형식으로 갈무리해놓고 싶었다. 유화 말대로 아직 물이 덜 빠진 모양이다.

장업계에는 역사적으로 유명한 3대 여제가 있다. 그중 첫 번째를 소개한다. 에스티 로더 여사다. 자신의 이름을 딴 에스티 로더는, 1982년 출시 후 현재 1분에 아홉 병씩 팔리고 있는 전설의 제품인 나이트리페어세럼으로 유명한 브랜드다. 바로 갈색병 에센스 말이다.

로더 여사는 영업왕이자 판매의 귀재였다. 그녀는 어려서부터 어머니의 화장품과 다른 사람의 얼굴 만지는 것을 좋아했다. 거기에다 아버지의 철물점에서 포장법을 익혔고 훗날 오빠의 작은 상점에서는 고객 응대에 관해 배웠다. 화학자였던 삼촌의 미용 크림을 판매하는 것을 시작으로 화장품과 인연을 맺었고, 시간이 지나서는 기울어진 가세를 일으키기 위해 미용실에 화장품을 판매하러 다녔다. 화려한 입담과 샘플을 아끼지 않는 큰손으로 일시에 단골들을 확보하게 된다.

1946년, 자신의 이름을 내세운 에스티 로더사를 창업한 후 뉴욕 삭스 백화점에 납품하면서 고급 브랜드로 이미지를 굳혔다. 그리고 업계로서는 최초로 무료 샘플을 배포, 고객들을 사로잡으며 세계적인 화장품 반열에 올랐다.

이후 클리니크, 아베다, 바비브라운, 조 말론, 라메르, 맥, 스틸라, 토미 힐피거, 마이클 코어스, 달팡 등을 줄줄이 합병시키며 거대 계열사를 만들었다. 1998년 미국의 시사 주간지 <타임>의 "20세기의 가장 영향력 있는 천재 경영인 20명" 가운데 한 명으로 선정된 이래 에스티 로더사는 <포춘>이 2003년 선정한 500대 기업 가운데 349위에 올랐다. 살아생전 로더 여사는 이런 말을 했다.

"나는 성공을 꿈꾸지 않았다. 그저 성공을 위해 일했을 뿐."

두고 봐라, 내가 4대 여제가 될 테니. 나는 속으로 말했다. 그래서 엄마에게 보여줄 테다. 달라진 내 모습을.

할 수 있을까.

환영합니다

"환인꽝린, 환영합니다."

손님이 들어서자 입에서 저절로 인사가 나간다. 입사한 지 일주일도 안 되었을 때부터 시작된 직업병이다. 게다가 한눈에 중국인인 걸 알아보다니 내가 생각해도 기특하다. 하지만 내가 할 수 있는 몇 안 되는 중국어는 여기까지다. 미영이가 손님에게 바로 붙는다. 특유의 푸근한 친화력으로 웃으면서 마스크팩 진열대까지 데려가는 스킬이란. 놀랍다. 오늘은 얼마의 인센티브를 올리게 될까. 춘옥, 빙빙, 나 모두 미영의 기술을 넋을 잃고 바라본다. 저런 애가 스무 살이라니.

이곳 페이스페이스 명동 1호점 화장품 매장에 들어오는 손님 열 명 중 다섯 명은 중국인이다. 나머지 다섯 명은 일본, 동남아, 한국 순이지만 간간이 오는 한국인은 객단가에 도움이 안 된다. 그러다 보니 지금도 매장엔 중국인 직원과 손님, 그리고 일본인 커플 두 명이 있다. 한국인은 나뿐이다. 아침마다 외국으로 출근하는 기분이라고 유화에게 말하자 그러면 나는 외국에서 큰 거냐는 질문이 되돌아왔다. 유화의 부모님은 명동에서 15년째 고깃집을 운영하고 있다. 내가 갑자기 화장품 매장에 입사할 수 있었던 것도 유화 어머니 덕분이다. 이곳 페이스페이스 1호점 매장 사장이 유화네 가게인 황소집의 단골이었던 것이다.

"계산이요."

내가 잠시 사색에 잠겨 있는 동안 미영인 마스크팩 100장을 팔았다. 그냥 시트팩이 아닌 가장 고가 라인인 하이드로겔 마스크팩 100장이다. 저 팩 한 장이면 저렴한 폼클렌징 하나와 가격이 같다. 100장이면 인센이 얼마지…… 머릿속으로 숫자를 계산하고 있는데 미영이 샘플을 챙긴다. 마침 그 옆에 있던 나는 샘플을 챙기는 통통한 미영의 엉덩이가 밀어서 자꾸만 구석으로 몰렸다.

한 달 전 내 생일. 엄마가 생활비를 끊기 전까지만 해도 이런 흰피가 몰려올 줄은 생각도 못 했다. 이제 나도 달걀 한 판이라는 멜랑꼴리한 감상에 젖기도 전에. 부모님은 각자 재혼한 가정에서 잘살고 있다. 그들은 내가 태어났을 땐 복이라고 생각하더니 이혼 후엔 덤, 그리고 지금은 혹으로 여긴다. 가끔 집밥이라는 게 먹고 싶을 때 전화를 하면 용돈을 보내왔다. 섭섭하진 않았다. 그게 그들의 애정 표현이자 나에 대한 죄책감을 더는 행위라는 것을 서로 알고 있으니. 하지만 이젠 그런 형식조차 벗어나고자 한다는 것이다. 이건 좀 아니지 않나. 나는 아주 오래도록 그들에게 용돈을 받고 싶다. 그런데 한 달이 지나 정말로 쌀이 떨어지고 월세 낼 돈이 바닥나자 현실감이 들었다. 돈을 벌어야 하는구나.

"이거 얼마예요?"

한국말이다. 반가운 마음에 고개를 드니 이게 누군가. 훤칠한 키에 호리호리한 몸매, 뽀얀 피부, 작은 두상. 그 안에 적절히 들어가 있는 반듯한 이목구비. 하오 아니신가. 누가 보면 모델인 줄 알겠지만 얘는 내 '부랄친구' 강하오다.

"딴생각 그렇게 하다가 짤린다."

하오가 눈을 찡긋하며 주의를 준다. 얼핏 보면 윙크처럼 보인다.

"잠시 사색한 거거든. 그런데 이건 뭐야?"

하오가 호텔 로고가 찍혀 있는 고급스러운 쇼핑백을

내밀었다.

“쿠키 좀 사왔어. 빈손으로 오기 뭐해서.”

“비싸게 이런 걸 뭐 하러 사와. 그것도 호텔 베이커리에서.”

“누가 호텔서 샀대? 쇼핑백만 호텔 거야.”

그럼 그렇지. 하오가 씩 미소를 짓자 가지런한 잇바디가 몽땅 드러난다. 헤프지만 싱그럽다.

“이제 퇴근이지? 밖에서 기다릴게, 짜샤.”

하오가 나가자 직원들을 비롯해 손님들까지 모두 하오의 뒷모습을 좇는다. 그리고 그 눈은 다시 나를 향한다. 지금까지 나를 보던 눈빛과는 다른 눈빛이다. 뭐랄까, 존경과 경외를 담았다. 이런 상황에 익숙하다. 저렇게 잘생긴 남자와 친구라면 내가 좀 특별해지는 기분이니까. 빙빙이 못 참고 와서 말을 건다.

“온니, 저 사람 누구예요?”

아르바이트생인 한족 유학생 빙빙의 말투는 딱 외국인의 그것이지만 그래도 한국어를 곧잘 한다.

“내 부랄친구야.”

“부우랄? 무슨 뜻,이에요?”

모범생답게 처음 듣는 단어는 적고 보는 빙빙은 수첩을 꺼내 부, 우, 랄, 하고 적기 시작한다.

"적지 마, 적지 마. 그냥 어릴 때부터 친한 친구라고."

"어렸을 때부터 칭구예요? 우와, 좋겠다. 엄청 잘생겼어요."

빙빙이 호들갑을 떨며 말했다. 하오는 맞은편 강아지 옷 파는 노점에서 구경 중이었다. 레이스가 달린 핑크빛 강아지 옷을 만지작거리더니 결국 지갑을 열고 있었다. 내가 알기로 하오는 개를 키우지 않는다. 심지어 개털, 고양이털 알레르기도 있다. 그냥 예쁘고 귀여우면 사족을 못 쓰고 사고 본다. 잘생기긴 했는데 애가 좀 정상은 아니다.

"짐이 이게 다야?"

기내용 캐리어와 보스턴백을 든 나를 보고 하오가 물었다.

"책은 다 버리고 옷만 챙겼어."

하오가 내 손에서 짐을 가져갔다. 내가 만류하자 '차 타기엔 가깝고 걷기엔 먼 거리'라고 말한다. 월세를 못 내자 고시원 관리인은 한 달 만에 나가달라고 통보했다. 그동안 한 번도 차임을 밀린 적이 없는데 고작 한 달 못 냈다고 나가라니. 서럽고 억울했지만 정말 돈이 한 푼도 없었다. 그렇다고 빌릴 만한 데도 없었다. 노량진에 살면서 인간관계가 다 끊기기도 했지만 돈 빌려달라 소릴 할 정도로 낯도 두껍지 못했다. 유일한 친구 유화는 내 이런 사정을 알고는 직장을 알선해주었고 하오는 자기 옥탑방에 방이 쓸데없이 두 개라며 그냥 와서 지내라고 했다. 마침 살 구멍이 생긴 나는 염치 불고하고 제안을 받아들였다. 그러면서 자연스레 시험은 접은 셈이 됐다. 부모님은 이걸 의도한 걸까.

"야, 그래도 엄연히 남녀가 상열지도인데. 응? 너희 너무 파격적인 거 아냐?"

유화가 눈을 동그랗게 뜨고 말했다. 남녀상열지사라고 고쳐주려는데 하오가 먼저 입을 열었다.

"짜샤, 너 월세가 얼만 줄이나 아냐? 요즘 하우스메이트 남녀도 많아. 그런 거 따지는 거 자체가 사치야. 하긴 캥거루족이 뭘 알겠냐."

"주머니 속이 얼마나 편한데. 아주 아늑하고 포근하거든."

비아냥거리는 하오의 말투에 유화도 지지 않고 응수했다.

"여기서부터는 넓적다리 네 갈래근에 힘이 들어갈 거야. 힙업에 최고지."

하오가 가리킨 방향으로 경사가 가파른 오르막길이 보였다. 한숨이 나왔다. 힙업이라구? 다리 알 생기는 건 어쩌고. 하지만 엎혀사는 주제에 조용히 따라갈 수밖에.
경사를 지나자 연식이 있어 뵈는 2층 주택이 보였다. 한쪽에 난 좁은 계단을 따라 옥상으로 올라가니 뜻밖에 반듯한 작은 집이 나왔다.

"여기야."

하오가 자신의 세계를 소개하듯 말했다. 한눈에 도심 전경이 들어왔다. 어둠이 내릴 무렵 네온 불빛이 무수히 점멸하는 명동의 한복판이 내려다보였다. 아름다웠다. 마치 불꽃을 찍어서 그린 유채화를 보는 느낌이었다. 온종일 하늘이 맑다 했더니 남산타워의 불빛이 파란색이다. 오르막을 오른 보람이 있었다. 줄지어 선 자동차들이 장난감 같았다. 백화점과 쇼핑몰이 크고 작은 상자들처럼 모여 있었다. 명동에서 소비를 빼면 뭐가 남을까. 그게 명품이 되었든 길거리의 컵떡볶이가 되었든 구매와 판매가 분주하게 이루어지는 곳. 돈과 사람이 모이는 곳. 여행의 설렘과 생계의 고단함이 함께 어우러지는 곳. 그래서 성과 속이 공존하는 곳.

그리고 도심과 가까운 곳에 이렇게 한적한 주택가라니. 옥탑의 초록색 방수 페인트 바닥을 잔디로 생각한다면 전원주택처럼 보였다. 기둥을 세워서 빨랫줄도 걸어놓고 옥탑방의 로망인 평상도 진짜 나무로 짜여 있었다. 소쿠리에는 주인아주머니가 널어놓은 듯 무말랭이가 꼬들하게 말라가는 중이었다. 하오의 집은 생각보다 좋았다. 나는 감상에 젖어 무말랭이를 물끄러미 쳐다보았다.

"잘 말랐지? 무말랭이 좋아해? 내일 무쳐줄까?"

옆에 선 하오가 웃으며 말했다.

"이거 네 거야?"

"그럼. 가을 무는 보약이라잖아."

헐. 이분은 뉘신가. 하오가 아니라 하오의 어머니와 대화를 하는 기분이었다. 어쨌거나 요리 잘하는 메이트는 돈 주고도 못 산다는데 나는 아사할 걱정은 없게 되었다. 불과 일주일 만에 생활이 180도로 변했다. 혼자 살다 둘이 살게 됐고 앉아만 있다가 서 있게 됐으며 머리만 쓰다 육체도 쓰게 되었다. 인생은 정말이지 알 수 없다. 새로운 세상이 내게 환영의 인사를 건네고 있었다.

이름에 관하여.

해외 브랜드를 살펴보다 보면 브랜드 네임이 곧 창업자 이름인 경우가 종종 있다.

대표적으로 가브리엘 샤넬의 이름을 딴 샤넬이 있고 이브 생로랑이 있으며, 엘리자베스 아덴, 에스티 로더, 조 말론, 헬레나 루빈스타인, 바비 브라운, 버츠비, 조르지오 아르마니, 슈에무라 등등. 하지만 한국 화장품 브랜드 이름은 대부분 외국어 합성 단어들이다.

내가 다니는 페이스페이스 브랜드의 경우도 face + space의 합성어이다. '얼굴이라는 작은 우주에서 시작되는 스토리텔링'을 의미한다. 그럴듯하다.

옥탑방에도 이름을 지어주고 싶다. 하오와 소민의 옥탑방. 줄여서 하소옥.

설렁탕집 이름 같네.

비밀 연애

이번엔 립스틱이었다. 라벨을 보니 '쿵쿵심쿵', 심지어 내가 파는 브랜드의 신상이다. 심장이 그야말로 쿵쿵거리기 시작했다. 도대체 어떤 여자기에 산 지 얼마 되지도 않은 립스틱을 남자친구 집에 흘리고 가는 걸까. 며칠 전엔 아이라이너였다. 화려하기도 하지, 붓펜 타입의 펄이 들어간 와인색이었다. 그리고 그 주말엔 마스카라가 화장실 칫솔꽂이에 꽂혀 있기도 했다. 마스카라로 유명한 회사의 제품이었다.

처음 하오의 집에 왔을 때 화장실에 비치된 폼클렌징과 오일을 보고는 의아했지만 깔끔한 하오의 성격을 봤을 때 그러려니 했다. 그런데 그게 하오의 것이 아니었다니. 부랄친구인 만큼 서로에 관해 속속들이 알고 있다고 생각한 건 나만의 착각이었다. 하오의 여친이 나에게 보내는 무언의 경고나 도전 같은 걸까. 그래서 일부러 흘리고 간 것일지도 모른다. 하지만 도전이라니 뭐에 대한 도전?

"아직 멀었어? 국 다 식겠다."

화장실 문밖에서 하오가 독촉했다.

"나갈게."

오늘은 오전 근무여서 일찍 퇴근한 하오가 저녁을 차려놓고 기다리고 있었다. 천성이 상냥하고 매너와 외교 화법까지 갖춘 하오에게 호텔업은 천직처럼 잘 맞는 일이었지만 3교대라는 복병이 있었다. 오전조, 오후조, 야간조를 돌아가며 근무하는 일은 육체적으로 꽤 소모적이었다. 하지만 오늘처럼 일찍 퇴근해서 저녁을 해놓고 기다리는 사람이 있다는 건 정말이지 달콤한 일이다. 오랫동안 혼자 살아온 사람에겐 더욱이.

"너, 변비냐?"

기분 좋게 된장국을 막 뜨려고 하는데 하오가 물었다. 심장이 다시 쿵쿵심쿵 울리며 한마디 할까 하다가 참았다. 얹혀사는 내 주제가 다시금 떠올랐기 때문이다.

"화장실에 폼클렌징 네 거야?"

"그럼 내 거지, 왜?"

"나한테 뭐 할 말 없어?"

"없는데, 왜?"

순진무구하게 두부를 씹으며 대답하는 하오에게 더 이상 할 말이 없었다. 이 집에 처음 들어온 날, 하오가 내게 했던 말이 떠올랐다. 그 말에 촉이 왔다. 하오가 뭔가 숨기는 게 있다는 걸. 그리고 문제의 그 숨기는 대상은 하오의 방에 있었다.

"소민아, 있잖아. 내 방문은 웬만하면 열지 마."

"왜?"

"냄새나거든."

"무슨 냄새?"

"아저씨 냄새. 홀아비 냄새라고 그러나? 암튼 우리 누나들이 하도 잔소리를 해서. 그냥 남성 호르몬의 체췬데."

"난 괜찮은데. 냄새 안 나."

"그게 말이지. 문을 열면 날 수도 있어. 그러니까 나 없을 때라도 혹시라도 내 방은 안 보는 게 낫다는 거야."

빙빙 돌려서 말하지만 그냥 자기 방은 열지 말라는 의미였다.

"야, 정 그렇게 불안하면 문을 잠그고 다녀. 나도 그편이 편해."

내 말에 하오는 열쇠도 없을뿐더러 우리 사이에 뭐 그렇게까지 하느냐고 했다. 어디에 장단을 맞춰야 할지 알

수 없는 녀석이다. 어쨌든 하오에게 비밀이 있다면, 우리 사이에 긴장감이 있다면 방문 하나였다. 그런 줄 알았다. 그런데 그게 여자 때문이었다니. 여자 속옷이라도 있는 건가. 왜 여자친구에 관해 말하지 않는 걸까. 아니, 여친 있으면서 왜 나에게 들어오라고 한 걸까. 오해 살 만한 일은 하고 싶지 않은데. 아니지, 우리는 부랄친구 사인데 오해는 무슨 오해? 혼란스러워졌다.

"써도 돼."

"응?"

"폼클렌징 써도 된다고."

무말랭이를 입으로 가져가며 하오가 말했다. 내가 네 여친 것을 왜 써, 라고 말하고 싶었지만 내가 먼저 말하는 게 왠지 자존심이 상했다. 혹시 내가 아는 사람인가? 말 못 할 사정이 있거나 말할 타이밍을 놓친 걸지도 모른다. 그런데 왜 나만 이렇게 답답해야 하지? 억울했다.

"다음 주는 스케줄이 어떻게 돼?"

"야간조야. 죽음이지."

한숨과 함께 하오가 말했다. 호텔에서 프런트를 맡고 있는 하오는 일주일씩 3교대로 스케줄이 바뀌었다. 야간조라면 내가 퇴근할 때 하오는 출근하고 없다. 그 생각만으로도 나는 가슴이 쿵쿵 뛰었다. 언제나 금기된 것에 대한 도전은 심장을 뛰게 한다. 방 안에 뭐가 있을까. 왜 열지 말라고 한 걸까. 왜 플롯은 항상 이렇게 넘어갈까. 금기된 장소, 그리고 그곳을 향한 끊을 수 없는 호기심. 결국 숨겨진 문은 열리고…… 혹시 박제된 여자 시체라도 있다면.

"컥."

사레 걸렸다. 매운 된장국이 잘못 넘어가 한참이나 기침을 했다.

"야야, 조심해야지. 너 아까부터 무슨 생각하냐?"

하오가 휴지를 건네며 말했다. 네 생각한다, 네 여친 생각. 휴지를 받아 눈물 콧물을 닦아내며 속으로 말을 삼켰다. 나는 괜히 심술이 난 내 마음에 의아해하며 코를 팽 풀었다.

문득 생각해보니 하오가 누군가를 사귀는 걸 한 번도 본 적이 없었다. 워낙 출중한 인물 덕에 소개해달라는 사람은 많은데 그때마다 자기 취향이 아니라며 거절했던 경우는 숱하게 봤다. 그렇게 생각하자 도대체 어떤 여자일지 더욱 궁금해졌다. 한때 내가 침 발라놨던 녀석을.

"나 과외 좀 해줘."

"무슨 과외?"

"중국어 회화."

"왜 그 얘기를 안 하나 했다."

명동에 먼저 안착한 하오는 외국어가 필수인 이곳 사정을 잘 알았다. 그래서 내가 명동 화장품 매장에 취직한다고 했을 때 환영 반 우려 반이었다.

"중국어를 안 배우면 안 될 일이 생겼어."

나는 오늘 사장이 게시판에 붙인 공지사항 이야기를 하오에게 했다. 사장은 직원들과 웬만해서는 말을 섞지 않는다. 신이 종교라는 매체로 말씀을 전하듯이 공지로 그 뜻을 전했다. 그 말씀인즉슨, 다음과 같다.

현재 점장의 자리가 공석입니다. 하지만 지금까지 해오던 스카웃이 아니라 다른 방식으로 점장을 채용하려 합니다. 우리 매장의 월 매출이 항상 사억 후반인데 오억이 넘는 시점에서 가장 인센티브가 높은 직원을 점장으로 임명하겠습니다.

여기까지는 그런가 보다 했다. 그런데 그다음이 더 파격적이었다. 급여에 관한 부분이라 다들 눈을 반짝이며 읽었다.

점장은 페이스페이스 1호점의 월 매출 1%를 급여로 책정하며 인센티브는 별도로 지급한다.

오, 세상에. 오억의 1%는 오백이다. 오백만 원에 인센티브까지 하면 500+α가 된다. 대박, 이라는 말이 절로 나왔다.

하지만 점장이 된 후 매출이 오억 아래로 떨어질 시 급여는 지급되지 않는다. 단, 인센티브는 지급된다.

이런, 젠장. 이건 모 아니면 도라는 뜻이잖아. 신은 아니, 사장은 너무 가혹하다. 마지막 문장은 '이번 달부터 시작'이었다. 다들 웅성거리며 흩어졌다. 나는 머릿속으로 직원이 몇 명인지 세어보고 있었다. 오전조와 오후조 그리고 주말 아르바이트까지 합하면 열다섯 명이다. 주위를 둘러보니 나 외에도 모두 머릿속으로 경쟁자들을 헤아리고 있는 표정들이었다.

입사한 지 두 달, 내가 있는 동안만 점장이 두 번 바뀌었다. 두 번째 점장이 어제부로 퇴사했다. 모두 사장이 주는 스트레스를 견디지 못하고 나가떨어졌다. 하지만 가장 오래된 직원 춘옥의 말은 또 달랐다.

"이 바닥에서 꽤 굴러봤다 싶은 매니저들은 다 거쳐갔을 거야. 그런데 결혼한 사람들은 애가 아프거나 집안에 대소사가 많아. 개인적인 이유로 결석, 지각하는 거 사장이 질색하거든. 그런데 또, 결혼 안 한 미스들은 아픈 데가 많아. 조퇴하는 거, 사장이 딱 싫어하거든."

그러니까 사장은 지각, 조퇴, 결석을 싫어했다. 칼출근, 칼퇴근도 싫어했다. 뼈를 묻으라는 뜻이군. 나는 사장이 원하는 인재상을 알 것 같았다.

"하지만 무엇보다도 가장 못 견뎌하는 건 매출이야. 오억을 넘긴 점장이 아무도 없었거든."

마의 고지, 오억. 그 누구도 결코 넘긴 적이 없는 매출. 사장은 이번에 이 고지에 배팅을 하겠다는 거였다. 유화 덕에 직원은 되었지만 외국인 상권에서 외국어를 못하는 나로서는 불리하기 짝이 없는 경쟁이다. 한국 땅에서 한국인이라는 이유로 소외감을 느껴야 하는 곳은 이곳뿐일 것이다. 하지만 방법을 모색해야 한다. 지금 가장 유력한 후보는 인센티브가 제일 많은 미영과 그 뒤를 바짝 추격하고 있는 춘옥이었다. 나는 입사 후 한 달 동안 인센을 받은 적이 한 번도 없다. 한국인 손님은 어쩌다 들어오고, 들어와서도 아이브로펜슬이나 립글로스 하나를 사는 정도이기 때문에 내국인에게 뭔가를 기대해서는 안 된다. 큰손들은 유커들이다. 하지만 나는 중국어를 모른다. 중국어 교재를 사서 공부했지만 발음은 둘째치고 사성이 어려웠다. 내가 어쩌다 중국어를 하면 직원들이 모두 웃었다. 내 발음이 웃기다고 했다. 그러니 주눅이 들어 어디 입 밖에 낼 용기가 나겠는가. 그렇게 인센은 나와 멀어져

갔다.

"걱정하지 마, 기집애야. 이 오빠가 아주 족집게 과외해줄 테니까. 영업에 나오는 말로만 쏙쏙 알려줄게."

하오가 된장찌개에 밥을 비비며 말했다.

"고마워."

하마터면 뒤에 나도 기집애야, 를 붙일 뻔했다. 하오의 별명은 한때 남바리였다. 남자 바리데기를 줄인 말이었다. 위로 누나만 여섯 명이 있는 집의 막내아들이기 때문이다. 신장 186cm에 조각 같은 얼굴의 가장 큰 결함이라면 그거였다. 그 누구도 시누이가 여섯 있는 집으로 시집을 간다면 심호흡을 크게 한 후 마음의 준비를 단단히 해야 할 테니.

하오를 처음 본 건 지금으로부터 30년 전 한 산후조리원에서다. 하오와 나는 바로 옆 침대에 나란히 누워 있었다고 한다. 당연히 기억은 안 난다. 엄마의 구술 기록에 따르면 그렇다. 그 후 우리는 무럭무럭 자라서 2년 후 극적으로 어린이집에서 다시 만나게 된다. 이 또한 기억에 없다. 사진 자료에 의하면 그렇다. 본격적으로 기억에 남아 있는 건 유치원 때다. 그때는 내 키가 더 컸다. 하오는 작고 말라서 툭하면 넘어지는 애라는 이미지가 강했다. 그렇다고 동네에서 하오를 괴롭히는 애들은 없었다. 하오의 울음이 들렸다 싶으면 어디선가 여섯 명의 누나들이 우르르 몰려와 에워쌌다. 그런데 어쩌다 누나들이 한 명도 안 올 때가 있었다. 그러면 그때는 내가 나섰다.

나는 어릴 적부터 누가 나한테 손가락질이라도 할라치면 짱돌부터 들고 봤다. 엄마 혹은 아빠의 부재는 내가 사는 데 아무런 지장이 없었지만 타인이 나를 볼 때는 어딘가 부족한 면이 있어 보였던 모양이다. 어른들은 안 보이는 데서 입방아를 찧거나 연대를 하였지만 애들은 드러내놓고 놀렸다. 그러면 나는 말없이 돌멩이를 집어들고 응징을 해주었다. 이렇게 된 데는 엄마의 암묵적 동의도 한몫했다. 사과와 함께 치료비를 물어준 후 내게는 잔소리 한번 하지 않았다. 여자애가 거칠다느니 망나니 같다느니 하는 소리도 한 귀로 듣고 흘렸다. 그렇게 나는 우리 반에서 여자 일진이 되었고 맨날 넘어지는 약해빠진 하오를 지켜주는 수준까지 된 것이다.

그런 하오와는 초등학교 저학년 때 한 번, 고학년 때 한 번 같은 반이 되었고 중학교, 고등학교는 각자 다른 학교를 나왔지만 늘 같은 학원에 다니게 됐다. 이 학원에 가면 하오가 있고 다시 저 학원으로 가면 또 하오가 있었다. 엄마들끼리 친한 것도 한몫했겠지만 좁은 동네에서 오래 살면 흔히 있을 법한 일이었을 텐데 하필 그게 하오였다.

하오가 내 키를 넘어서게 된 건 초등학교 졸업식 때부터다. 방학이 지나고 학교에 가자 이 녀석의 키가 훌쩍 자라 있었다. 그러고도 군대 제대하는 날까지 볼 때마다 자라서 흠칫 놀라게 만들더니 186cm에서 그 눈부신 성장을 멈췄다.

한번은 대중목욕탕에서 만난 적도 있었다. 하오가 여탕에 온 것이 아니라 내가 남탕에 갔을 때다. 어쩌자고 아버진 딸을 남탕에 데려간 것인지 우리는 탕 속에서 눈이 딱 마주쳤고 어릴 때지만 당황했던 기억이 선명하다. 그 후 나는 하오가 나를 남탕에서 봤다는 걸 소문이라도 내면 어떻게 하나 학창 시절 내내 걱정했지만 지금까지도 입을 다물고 있는 의리 있는 녀석이다. 그래서 우리는 부랄친구가 되었다.

"무말랭이 간이 아주 잘됐네."

"그으래?"

무말랭이 칭찬에 하오는 보조개가 움푹 들어갈 만큼 미소를 지어 보였다. 순간, 의혹이 고개를 들었다. 내가 남녀를 불문하고 보조개에 약하다는 걸 혹시 알고 있나. 나에게 뭔가 부탁할 일이 있을 때면 보조개를 폭 찍어가며 눈웃음을 쳐댔는데. 나한테 뭐 살뜻한 거라도? 나는 의심쩍은 눈빛으로 하오를 흘겨보았다. 오옹? 왜애? 하는 표정으로 하오가 나를 바라본다. 나만 이런 건가. 립스틱이 나타나고 마스카라가 등장한 이후 뭔가 음모론에 빠진 기분이다. 정말, 나만 이런 건가.

화장품은 자신의 결점을 보완하고 때론 감춰주기도 한다.

1913년 미국에서 작은 약국을 운영하던 토마스 윌리엄스에게는 메이블이라는 못생긴 여동생이 하나 있었다. 메이블은 그중에서도 특히나 눈이 못생겼는데 숱이 없는 눈썹과 속눈썹 때문에 눈매가 흐릿한 게 영 볼품이 없었다. 짝사랑하는 사람은 물론이고 모든 남자가 메이블을 거들떠보지 않았다. 이런 메이블은 오빠에게 하소연하였고 토마스는 자기와도 닮았으나 여성이라는 이유로 더 가혹하게 외면을 받는 동생을 볼 때마다 자괴감과 측은지심이 동시에 들었다. 동생에 대한 사랑과 측은심 그리고 외모지상주의에 대한 복수로 토마스는 여동생의 외모를 아름답게 보이게 할 방법을 연구하기 시작했다.

외과적 방법으로 코를 높이거나 쌍꺼풀을 보다 깊게 만들 수는 없었으므로 (토마스는 의사가 아닌 약사였다) 일시적으로 눈을 속이는 방법을 택했다. 특히 흐리멍덩해 보이는 눈이 가장 큰 약점이었으므로 또렷한 눈매로 보이게 할 방법을 모색했다. 그리하여 토마스는 석탄 가루에 바셀린을 섞어서 속눈썹에 바르면 눈이 훨씬 크고 선명하게 보인다는 것을 발견하고 '유레카!'를 외쳤다. 메이블은 오빠의 발명품을 바르고 동네를 나다녔고 달라진 메이블의 얼굴에 사람들은 호감을 느꼈다. 그러더니 짝사랑하던 남자와 결국 결혼까지 골인하는 극적인 해피엔딩을 맞았다. 그 후 이 드라마틱한 스토리에 열광한 주변의 여성들로부터 마법의 검정색 크림에 대한 주문이 쇄도했다. 그러자 토마스는 여동생 이름의 메이블과 바셀린을 합쳐 메이블린이라는 회사를 차리고 마스카라를 만들어 판매하기 시작한다. 이게 바로 마스카라의 기원이자 세계적인 화장품 기업인 메이블린 뉴욕의 창업 스토리다.

그리고 그녀가 흘리고 간 마스카라의 상표이기도 하다.

어떤 여자일까. 하오에게 여섯 명의 누이가 있다는 사실을 알고 있을까. 나는 괜히 하오의 연애에 훼방을 놓고 싶어하는 내 마음을 발견했다.

밤에 무슨 옷을 입고 자나요

나는 아무것도 안 입고 잔다. 집에 오면 브래지어와 팬티부터 벗어던진다. 답답한 건 딱 질색이다. 각자 혼자 살던 남녀가 같이 살기 시작하면서 제일 불편한 점은 옷을 마음 내키는 대로 입지 못한다는 점이다. 아무렇게 입거나 아무렇게 안 입거나. 팬티야 바지 속에 입으나 안 입으나 큰 티가 안 나지만 브라는 안 하면 티가 난다. 심지어 나 같은 A컵은 뽕이 사라지고 나면 티가 나도 많이 난다. 어제만 해도 그랬다. 하오의 옥탑방은 화장실이 방 밖에 있고 함께 써야 하니 계속 들락날락해야 한다. 그때마다 브라를 입고 벗을 수 없으니 티셔츠 위에 후드 점퍼를 입었나. 밤 을리는 나들 보고 하오가 몸살감기냐고 물었다. 안 되겠어서 이번엔 브래지어를 자기 전까지 하고 있었더니 소화불량에 걸렸다. 오늘 온종일 신물이 넘어왔다. 이런 고민을 유화에게 넌지시 내비쳤더니 돌아온 대답이란.

"요즘 노스트레스 룩이 유행인 거 몰라? 스키니 대신 와이드팬츠, 브라 대신 노브라. 용기를 갖고 해방해."

네일폴리셔 매대에서 검지 손톱에 샘플 핑크빛 매니큐어를 정성스레 바르며 유화가 말했다.

"뭘?"

"네 가슴."

"티 나지 않을까?"

"꼭지를 가려주는 옷도 있다던데. 아님 니플패치를 붙이든가. 나처럼."

유화가 가슴을 펴 보이며 말했다. 하…… 역시 꽉비의 위엄이란.

"야, 너처럼 꽉 찬 B컵은 패치만 붙여도 티 안 나지만 나는 절벽이거든."

나는 유화의 귓가로 다가가 속삭이듯 말했다. 어금니를 꽉 깨물고.

"용기 그리고 해방. 얼마나 시원한지 한번 경험하고 나면 다시는 옛날로 못 돌아간다. 와이어로 가슴을 옥죄고 핍박했던 잔인했던 시절로."

유화가 고개를 절레절레 저으며 말했다. 노브라 챌린지가 SNS를 중심으로 들불처럼 번지고 있다는 얘기는 들었지만 이게 무슨 독립운동도 아니고 그렇게 비장할 문젠가.

"선택을 강요하는 것도 폭력 아니냐."

"무슨 애가 이렇게 진보적이질 못하니."

유화가 혀를 끌끌 찼다. 지난주만 해도 '남녀상열지도'를 말하던 그 유화가 맞나. 열 손가락에 오늘 들어온 신상 '하트브레이커'를 다 바르고 후후 불어대는 유화에게 너 요즘 SNS 너무 열심히 하는 거 아니냐고 비아냥거리자 유화는 못 들은 척 고개를 돌리며 말했다.

"이거 신상이지?"

"사게?"

"아니."

식품업계 종사자가 무슨 매니큐어냐며 기껏 바른 열 손가락에 아세톤을 문질러 다 지우더니 "나 간다. 많이 팔아." 쿨하게 나갔다. 그러자 이를 보고 있던 빙빙이 다가와서 내게 속삭이듯 말했다.

"온니 칭구, 진상이에요."

빙빙은 당장이라도 핑크빛 파우치에서 전일염을 꺼내 던질 기세였다.

"진상한테 하도 데어서 저래."

나는 유화를 이해하지만 유화는 나를 이해하지 못한다. 내 가슴을 사회적으로 해방하자는 얘기가 아니라 단 한 사람 앞에서 어떻게 보일지에 대한 문제라는 것을. 유화가 나가자마자 한 떼의 유커가 들이닥쳤다. 프로모션 제품을 중심으로 기능성 모공팩과 화이트닝팩 따위를 쓸어갔다. 내일부터 세일이라는 것을 알면 배 아프겠지. 그래서 세일 기간은 일급비밀이었다. 직원들에게도 바로 전날 알려줬다. 세일 기간에는 인센티브가 지급되지 않기 때문에 직원들은 재미도 없고 힘만 든다며 세일을 싫어했다. 단지 세일 마지막 날 사장이 시켜주는 피자 먹는 재미 외에 세일은 좋을 게 없었다. 그러니까 세일이란 고객은 제품 싸게 사서 좋고 본사는 재고 처분해서 좋고 직원들은 힘드니까 싫은 기간이었다.

어쨌든 나흘의 빅세일 기간을 견디기 위해서는 일찍 퇴근해서 쉬는 게 답이다. 근무일지를 써서 올리자마자 칼퇴근을 했다. 명동8나길과 가길을 지나 명동역 앞 횡단보도를 건너야 하지만 나는 조금 더 걸었다. 그러면 하오가 근무하는 호텔이 나오기 때문이다. 이번 주는 오전 타임 근무라 지금쯤 끝날 때가 됐을 텐데, 나는 전화를 걸어볼까 하다가 그냥 집에 가기로 했다.

첫날 하오의 말대로 옥탑방은 차 타기에는 가깝고 걷기에는 조금 먼 거리였다. 하지만 온종일 서 있다 보니 조금이라도 걷는 게 좋았고 그렇게 걷기에 딱 좋은 거리였다. 저녁이 되면 더욱 인파가 쏟아졌다. 명동8길인 코스메로드는 원래 차도였으나 관광특구로 지정이 되면서 차가 없는 거리가 되었다. 왕복 4차선의 폭에 사람들이 가득하다. 양옆의 쇼윈도에서 내뿜는 빛으로 이곳의 밤은 사라진 지 오래다. 단체로 사진을 찍거나 연인과 셀카를 찍는 사람들을 피해 다니며 나는 앞만 보고 저돌적으로 걸었다. 비행기를 타고 온 사람들에게는 관광지이나 누군가에게는 삶의 터전이라는 사실이 단순하면서도 생경하게 느껴진다. 나는 이곳에서 돈을 벌고 잠을 잔다.

여기서 말하는 잠이란, 생활한다는 것에 대한 메타포인데 그날 밤 나는 정말 명동역 근처에서 관광객들과 함께 잠을 자게 됐다. 난데없이.

옥탑방에 도착하니 불이 켜져 있었다. 하오가 먼저 도착했구나. 나는 반가운 마음에 문을 벌컥 열려고 손잡이를 잡았는데 뭔가 이상했다. 옥탑방 현관문 바로 옆이 하오의 방이기 때문에 밖에서 보면 창문에 그림자가 보인다. 그런데 하오가 아니었다. 얼핏 봐도 여자의 그림자였다. 머리가 길었고 긴 머리를 빗으로 천천히 빗어내리고 있었다. CF를 찍어도 될 만큼 선명한 그림자 연출이었다. 하오의 방을 구경한 적이 없으니 모르긴 몰라도 아마 창가 옆에 거울이 있는 모양이었다. 그동안은 내가 없는 사이에 다녀가더니 이젠 있든 말든 상관을 안 하겠다는 건가. 아니면 아예 소개해주려는 건가. 그런데 어라? 이번엔 옷을 벗었다. 손을 등 뒤로 돌려 지퍼를 내리더니 입고 있던 윗옷을 벗어버렸다. 어쩌자는 건가. 이로써 소개해줄 생각은 아니었다고 나는 판단했다. 아마도 하오는 세일이 오늘부터라고 생각했을 거다. 어제 내가 모레부터 세일이야, 라고 말할 때 건성으로 들더라니. 내일부터라고 듣고 내가 늦을 거라 생각하고 애인을 부른 것이리라.

여기까지 생각이 들자 잡았던 문손잡이를 슬며시 놓았다. 들어갈 수가 없었다. 어떤 상황인지도 모르겠고 괜히 얼굴 붉히는 상황을 만들고 싶지 않았다. 다시 계단을 살금살금 내려오면서 두 가지 생각을 했다. 하나는, 하오는 왜 내게 애인의 존재를 말하지 않는가. 결론은 내게 소개하기 껄끄러운 사람이라는 것. 고로, 아는 사람일 확률이 있다. 또 한 가지는, 오늘 밤 도대체 어디서 자느냐는 것이다.

명동역 근처 찜질방에 들어갔다. 보따리 상인 유커들의 세상이었다. 짧게 잠만 자고 나가서 면세점이든 코스메로드든 물건을 떼러 나가야 하니 숙박비가 아까운 것이다. 나는 유커 아줌마들 틈에 끼어 쪽잠을 자야 했다. 모로 새우처럼 누우니 그렇게 서러울 수가 없었다. 집도 절도 없는 내 신세가 다시금 절절하게 느껴졌다.

아침에 일어나 보니 하오에게 여러 통의 부재중 전화가 와 있었다. 그러고 보니 말도 안 하고 외박을 한 셈이었다. 이게 다 누구 때문인데! 쪽잠을 자서인지 몸이 두들겨 맞은 거처럼 찌뿌둥했다. 세일 첫날인데 컨디션이 이래서 되겠나. 나는 뜨거운 탕 안에 오래 들어갔다 나온 후 뜨거운 미역국을 주문해서 싹 비우고 나왔다. 내 몸은 내가 챙겨야 한다.

일찍 출근한 춘옥과 미영이 벽에 풍선을 다는 중이었다. 가격표를 빼고 본사에서 온 쇼카드로 새로 바꿔 끼는 등 세일맞이 공사로 어수선했다. 물건 정리를 하는데 니플패치가 보였다. 할인율이 무려 40%였다. 하나 살까. 들고 잠시 고민하고 있는데 뒤에서 목소리가 들려왔다.

"그거 뭐야?"

어깨너머로 머리가 쑥 들어왔다. 하오였다. 나는 놀라서 패치를 뒤로 숨겼다. 이 자식이 어제부터 자꾸 사람을 놀라게 한다.

"웬일이야, 이른 아침부터?"

"너야말로 무슨 일이야?"

"뭐가?"

"알잖아."

하오가 주위를 의식하며 작게 말했다.

"회식하고 찜질방 갔어."

"세일 때 회식을?"

"세일은 오늘부터거든?"

"아, 그……래?"

부산한 주위를 둘러보며 하오가 말했다.

"연락이라도 주지, 걱정했잖아."

걱정 같은 소리하고 있네. 나는 대답 대신 바쁘다는 티를 팍팍 냈다. 그러자 뻘쭘하게 서 있던 하오에게 빙빙이 다가가 말을 붙였다. 물론 중국어로. 그러곤 뭐가 그렇게 재밌는지 둘이 박수를 치며 웃어대다가 사장이 들어오니 빙빙은 얼굴을 굳히고 제자리로 돌아갔다. 하오는 핸드크림을 하나 집더니 계산을 하고 나갔다.

"칫, 둘이 아주 신났네, 신났어."

나는 세일 포스터를 붙이며 혼자 중얼거렸다. 회식은 무슨, 저 때문에 찜방에서 자느라 온몸이 아주, 아이고 허리야. 허리를 두들기는데 순간 맞은편 빙빙의 뒷모습이 눈에 들어왔다. 허리까지 내려오는 긴 생머리를 포니테일로 묶은 뒷모습이. 혹시…… 빙빙? 그러고 보니 어제는 빙빙의 휴무였다는 데까지 생각이 미치자 심증은 날개를 달았다. 내가 처음 발견했던 증거 1호, '쿵쿵심쿵' 립스틱. 그거 페이스페이스 브랜드였다. 증거 2호 펄이 들어간 와인색 아이라이너. 평상시 눈화장을 화려하게 하는 빙빙의 것으로 보기에 손색이 없다. 그리고 빙빙은 하오에게 관심이 있다. 하오는 전부터 한족에게 개인 교습을 받고 싶다는 말을 종종 했었다. 하오의 중국어를 봐주던 사람은 같은 호텔에 근무하는 조선족 직원이었다. 뭐가 다른지는 모르겠으나 어쨌든 하오에게는 한족 대화 상대가 필요하다. 게다가 한국어학과에 재학 중인 빙빙에게는 한국어를 교정해줄 한국인이 필요하니 두 사람은 그럼…… 찰떡궁합?

게다가 요즘 빙빙은 틈만 나면 내게 와 하오의 안부를 묻는다. 그리고 슬며시 정보를 빼낸다. 가족관계와 취향과 어떤 음식을 좋아하는지, 나와는 어떤 관계인지에 대해서. 적당히 둘러대고는 있지만 신경이 안 쓰이는 건 아니다. 남들이 보면 키도 크고 몸매도 그만하면 모델 핏이고 이목구비도 반듯하고 피부도 깨끗하고 미소도 화사하며 젠틀한 성격까지 갖춰서 굉장한 킹카라고 생각할 테지만 하오라고 단점이 없는 건 아니다. 남바리라는 거 말고도 같이 살아보니 단점이 있었다.

사실 하오는 결벽증 환자다. 심하게 깔끔하다. 하오는 모든 인간이 인간의 존엄을 위해 이 정도의 청결은 유지한다고 하지만 내 입장에서는 심하게 오버된 위생 관념이다. 이를테면 이불 빨래를 세상에, 일주일에 한 번씩 한다. 진드기 알레르기가 있다고는 하지만 이건 좀 오버다. 한 달 이상은 묵혀줘야 몸에 착 감기는 맛이 있는데 이를 모른단 말인가. 심지어 다른 사람 이불에까지 참견한다. 제발 햇볕에 말리기라도 하라고 잔소리다. 옥탑에 살면서 제일 큰 장점은 일광욕인데 이를 왜 즐기지 못하느냐고 난리다. 나는 일광욕 취미 없다. 그럴 시간에 넷플릭스로 미드나 한 편 더 보련다.

여기서 잠시 퀴즈 타임.

성경이 세상에서 가장 많이 팔린 이야기라면 세상에서 가장 많이 팔린 냄새는 뭘까. 힌트1. 지금도 30초에 한 개가 팔릴 정도로 전 세계인의 사랑을 받고 있다. 힌트2. 팝아티스트 앤디 워홀이 실크스크린 이미지로 표현한 빈티지 광고로도 유명하다. 이 향수는? 눈치 빠른 독자는 이미 아시겠지. 현대적인 향수의 기원이라 불리는 샤넬 NO.5다. NO.5는 코코 샤넬이 1921년 천재 조향사 에르네스트 보에게 주문해 만든 열 가지 향수 중 하나이다. 당시 추천 받은 1번부터 5번, 20번부터 24번까지 향수 중 샤넬은 5번을 가장 좋아했고 그래서 NO.5가 제품명이 되었다고 한다. 미국현대미술관(MOMA)은 1953년 샤넬 NO.5를 영구 컬렉션 품목에 선정했을 정도라니 그 위세를 알 만하다.

당시 할리우드 섹시 스타였던 마릴린 먼로는 한 기자와의 인터뷰에서 다분히 의도를 지닌 질문을 받게 된다.

"먼로, 당신은 밤에 무슨 옷을 입고 자나요?"

이에 마릴린 먼로는 재치 있는 답변을 내놓았는데 이 말은 그녀의 트레이드마크가 될 만큼 유명해졌다.

"샤넬 NO.5 다섯 방울만 있으면 돼요."

먼로는 A컵이 아니었을 테니까.

결국 니플패치를 사고야 말았다.

산소 같은 여자

유화가 노메이크업 선언을 했다. 노브라에 이은 또 한 번의 선언이었다.

"이러다 머리까지 삭발하겠다고 하는 거 아니야?"

하오와 나는 걱정 반 기대 반으로 유화를 지켜보았다. 스모키 화장, 물광 화장, 유광 화장, 숙취 화장, 과즙상 화장 등등 온갖 화장법이 유행할 때마다 그 선봉에 서서 트렌드를 이끌던 유화가 아니던가. 할리우드 스타들 사이에서 노메이크업 무브먼트가 릴레이처럼 이어진다는 소식을 들었다. 그러자 한쪽에서는 생얼처럼 보이는 메이크업이 다시 유행하고 있었다.

"더 이상 꾸밈노동 따위 하지 않겠어."

유화가 엄숙한 표정으로 말했다. 사회적 제약과 관습

에 반기를 들고 타인의 시선에서 벗어나 자유롭게 살겠다는 취지였다. 누렇게 뜬 얼굴과 창백한 입술이 더해져 이제 막 퇴원한 사람의 다짐처럼 느껴졌다. 뭔가 진취적인 모습이 멋있게 느껴졌지만 이런 나와 달리 하오는 흘려들었다. 공기처럼 가벼운 유화의 신념에 대한 불신이었다.

뭐가 됐든 화장품을 파는 업을 지닌 나로서는 그다지 반갑지 않은 일들이었으나 사장에 비할 바는 아니다. 사장은 매출이 조금이라도 떨어지면 꼭 그 이유와 그 대상에 대한 원망을 해야 직성이 풀리는 종류의 인간이었다. 점장을 대신해 (한국어를 내가 제일 잘했으므로) 내가 쓰는 근무일지는 오늘의 매출이 저조한 이유에 대한 픽션에 가까웠다. '북서풍의 영향으로 기온이 급속히 낮아지고 바람이 강하게 불어서' 손님이 없었습니다. 그러면 기상청을 욕했다. '정치적인 문제로 일본 관광객의 유입이 저조해' 손님이 없었습니다. 그러면 여의도에 있는 국회의원들을 싸잡아 욕했다.

어쨌든, 요즘 사장의 단골 레퍼토리는 '못생긴 것들이 꼴값을 한다'는 것이다. 그럴수록 나는 눈 화장을 짙게 하고 붉은 계열의 립스틱을 바르게 된다. 화장도 자주 하니 화장법이 늘었다. 노량진에 있을 때는 손슨즈베이비로션만 바르면 끝이었는데 이곳에 오니 화장부터 해야 했다.

화장품을 팔며 맨얼굴일 수는 없으니까. 그리고 예쁘게 얼굴을 치장하고 나면 꼭 손님들이 물어봤다. 그 립스틱 무슨 색깔이에요? 그 블러셔, 몇 호예요? 화장을 잘하는 것도 판매에 도움이 된다.

"온니, 나 좀 쉬고 올게요."

빙빙이 2층을 가리키며 말했다. 하루에 두어 번 적당히 시간을 봐서 30분 정도 휴게실에서 쉴 수 있다. 직원들은 돌아가며 올라가서 간식을 먹거나 엎드려 쪽잠을 청하곤 했다.

"그래, 쉬어."

나는 빙빙을 향해 고개를 끄덕여준다. 다른 직원들은 모두 소민씨라고 부르는데 빙빙만 온니라고 부른다. 그 친근감이 좋았다. 빙빙의 장점은 그런 싹싹함이다. 그런 인간적 매력은 만국 공통인지 처음 보는 사람도, 외국인도 빙빙의 매력에 빠지고 만다. 혹시, 하오도 넘어간 것일까. 아직 유의미한 심증을 못 찾았지만 나는 빙빙을 내내 의심하고 있다. 세일 때 빙빙과 박수 치며 둘이 웃더니만 하오에게 무슨 얘기를 했냐고 물으니 중국 드라마 얘기라고 했다. 그게 그렇게 우습나.

사천이 고향인 빙빙은 매운 음식을 몹시 좋아한다. 그러면서 한국 고춧가루는 안 매워서 맛이 없다며 고향에서 보내준 고춧가루를 싸서 식당에 다닐 정도다. 상큼하다며 청양고추를 오이처럼 와삭와삭 씹어 먹었고 대림동 골목 어디선가 판다는 매운 양념을 버무린 오리 목뼈를 한 바구니 사와 다 같이 나눠먹을 때도 있었다. 그 이후 중화요리 가게에 가서 사천짬뽕을 볼 때마다 빙빙이 한 말이 생각났다.

"우리 동네에서는 돌 때부터 간식으로 고추를 먹어요."

청양고추보다 더 매운 사천고추를 돌 때부터 먹는다니. 누가 중국인 아니랄까 봐 빙빙은 뻥도 셌다. 그리고 마라탕을 좋아한다. 잠자다가도 마라탕 생각에 택시를 타고 대림동 맛집에 가서 먹고 왔다는 말을 듣고 혀를 내둘렀다. 저쯤 되면 성애자다. 중국에서 집안도 좋은 모양인지 아버지가 공무원이라고 들었다. 그래서인가, 얼굴이 해맑다. 하지만 무엇보다 빙빙의 가장 돋보이는 점은 몸매다. 얼굴은 아이인데 몸매는 와우! 소리가 절로 나온다. 이를 두고 베이글녀라고 하는 것인가. 가슴은 C컵, 골반은 떡 벌어진 데 반해 허리는 쏙 들어갔다. 이를 두고 콜라병 몸매라고 하는 것인가. 또 이를 두고 가수 박진영은 네 어머니가 도대체 누구시냐며 너를 어떻게 키운 거냐고 호구조사를 한 것인가.

2층에서 한바탕 웃음소리가 들린다. 빙빙이 또 우스갯소리를 한 모양이다. 사장이 알면 한마디 할 정도로 큰 소리다. 지금도 어디선가 CCTV로 다 보고 있을 텐데. 마음이 급해진 나는 2층으로 올라갔다. 2층은 상품을 보관하는 창고와 직원 휴게실, 그리고 문을 열고 들어가면 있는 사장님 방으로 구성돼 있다. 말이 좋아 휴게실이지 간이 테이블 하나에 의자 네 개를 놓은, 포장 등의 일을 앉아서 하라고 만든 공간이었다. 그래도 직원들은 이곳에서 컵라면도 먹고 수다도 떨고 중국에 있는 가족들과 영상통화도 나누곤 했다. 올라가 보니 빙빙과 춘옥, 경란이 앉아서 휴대폰을 보고 있었다.

"사장님 전화하겠어요."

나는 넌지시, 하지만 다급한 목소리로 말했다.

"소민씨, 여기 와보세요."

그러자 춘옥이 휴대폰을 가리키며 말했다.

"뭔데 그래요?"

스무 살 미영과 빙빙을 제외하고 나는 모든 직원에게 경어를 썼다. 춘옥은 신기한 거라도 본 듯 빨리 오란 손짓을 했다. 인스타그램이었다. 춘옥이 인스타도 하나? 하긴 춘옥이 안 하는 게 있나. 춘옥의 최종 목표는 한국 사람이었다. 그래서 얼마 전 귀화를 했고 아직 유치원에 다니는 아들을 한국 학교에 보낼 계획을 세웠다. 이름도 개명하겠다고 했다.

"춘옥이 뭐야, 춘옥이. 채영이나 규림이 같은 걸로 바꿀 거야."

나는 그런 춘옥을 보며 코리안 드림 몇 세대로 분류해야 하는 건가 잠시 고민했다. 조선족 100년사를 살펴보면 만주로 간 첫 세대인 춘자아줌마의 부모님이 1세대고 춘자아줌마가 2세대, 미영이가 3세대가 된다. 그리고 춘옥의 아들이 4세대다. 춘자아줌마가 그랬던 것처럼 2세대 조선족이 한국에 와 3D 업종에 종사했다면 지금의 3세대들은 미영이나 춘옥이 그렇듯 통역이나 무역업 등 좀 더 전문적인 일을 한다. 하지만 부모와 자식이 떨어져 살고 한국에서 돈을 벌어 중국에 보내는 방식은 여전했다. 춘자아줌마와 미영 모녀처럼.

경란, 홍매, 춘화, 명화 이곳 페이스페이스 직원의 대다수가 자식들이 중국에 있다. 그래서 매일 그렇게 영상통화를 하는 것이다. 춘옥은 달랐다. 춘옥은 자식을 데리고 왔고 한국 사람으로 키우겠다고 했다. 그래서 인스타도 할 수 있는 것이다. 다른 직원들은 그 시간에 아이와 영상통화를 하거나 아니면 아이에게 보낼 선물을 검색하거나 그도 아니면 아이 생각을 하며 보낸다. 어쩌면 이건 내 낭만적인 생각일지 모른다. 좀 더 냉정하고 이성적이며 사악한 나의 베프 유화의 의견은 다르다.

"그냥 중국이 싫은 거야. 한국이 얼마나 살기 좋냐. 걔들 봐봐, 꾸미는 거 좋아하지, 먹기는 얼마나 잘 먹는데. 화장품도 너나 나처럼 국산 로드숍 거 안 써. 다 명품만 써. 돈도 중국보다 많이 벌 수 있지. 가고 싶겠냐."

유화 말 중 맞는 것도 있었다. 실제로 그들은 두고 온 가족들 생각만 아니라면 즐겁게 사는 것 같았고 워낙 비행기를 자주 타는지라 면세점에서 산 화장품도 많았다. 하지만 춘자아줌마가 연길에 아파트 세 채를 살 수 있었던 건 20여 년 전이었기 때문이다. 지금은 또 다르다.

"소민씨, 이것 좀 봐요."

춘옥이 보여준 인스타 화면에는 잡지 표지에나 나올 법하게 화려하게 꾸민 여자의 얼굴이 있었다. 화장이 아니라 거의 분장 수준이었다. 패션쇼에서 과장되게 화장을 한 얼굴이라고 하면 맞을까. 속눈썹은 낙타의 것처럼 길고 입술은 라인을 한참 넘어 거의 하트에 가까웠고 아이섀도는 무지개색이었다. 게다가 펄이 아닌 큐빅을 점점이 붙여서 화려함의 극치를 보여주었다. 머리는 말해 뭐해, 금발이었다.

"한국 여자예요?"

내 질문에 춘옥이 깔깔거리며 말했다.

"남자예요, 남자."

"남자라고요?"

자세히 보니 선이 남자 같긴 했다. 넓은 어깨와 손 그리고 목울대.

"트렌스젠더가요?"

"버거요 버거."

"버거? 햄버거요?"

이번엔 답답하다는 듯 춘옥이 나를 책망하며 말했다.

"소민씨, 인터넷 안 해요? 요즘 버거, 유명하잖아요. 드래그퀸이요."

한국인보다 더 한국인스러워지기 위해 춘옥은 요즘 유행하는 말은 죄다 섭렵했다. 나이에 어울리지 않게 줄임말을 잘 썼으며 유행하는 브런치나 간식이 있으면 꼭 먹어봐야 했고 머리 모양이나 액세서리도 유명 연예인의 것을 모방했다. 마지막으로, 중국인으로 남으려는 조선족 남편과 이혼을 앞두고 있다.

"그냥 옷이랑 화장만 여자처럼 하는 거예요. 그런데 정말 예쁘죠. 화장도 엄청 잘해."

나도 안다. 드래그퀸이 뭔지는. 춘옥이 또 한바탕 설명을 하려 들었다.

"사장님이 전화했어요. 춘옥씨 휴식 너무 오래 하는 거 아니냐고."

나는 오지도 않은 사장의 전화를 팔아 춘옥의 입을 막았다. 하지만 사장은 빅브라더니까 지금 이 순간도 어디선가 보고 있을 것이다. 춘옥이 헐레벌떡 일어나 내려갔다. 빙빙만 남아서 컵라면을 먹고 있다. 조금 있으면 점심시간인데. 빙빙은 컵라면을 좋아했다. 고향에서 가져온 고춧가루를 듬뿍 쳐서 먹었다. 벌써 얼굴이 벌게지고 이마에는 송글송글 땀방울이 맺혔다.

"빙빙, 쉬는 날 뭐 했어?"

나는 인스턴트커피를 타며 지나가는 듯 물어봤다.

"쉬는 날…… 집에서 잤어요. 온종일."

빙빙이 온종일이라는 말을 강조했다. 내 귀에는 강조하는 것처럼 들렸다. 집에서 잤다? 뭔가 수상했다. 혈기 왕성한 스무 살 애가 모처럼 쉬는 날 집에서 온종일 잠만 잤다고. 쇼핑 좋아하고 노는 거 좋아하는 빙빙이? 수상하다 수상해. 허위 진술, 증거 3호로 채택했다.

"왜요?"

"아니, 쉬는 날은 뭐 하나 해서. 이거 마셔."

나는 싱긋 웃으며 지금 막 탄 커피를 빙빙에게 주었다.

"고마워요, 온니."

빙빙이 얼떨떨하게 웃으며 말했다.

"나 점심 먹고 올게."

1층으로 내려가며 말했다. 증거 자료로 취득은 했다만 회의감이 들었다. 빙빙은 하오의 취향이 아니었다. 그냥 그런 느낌이 들었다. 게다가 내가 지금 이런 걸 신경 쓸 때인가. 하오에게 과외를 받고는 있지만 언어란 그렇게 하루아침에 느는 게 아니라는 걸 뼈저리게 느끼고 있다. 어제저녁에는 외운 단어를 가지고 회화에 적용해보는 수업을 했다. 내가 질문을 하고 하오가 답했다.

"니 요 치앤 마? 당신은 돈이 있습니까?"

"메이요. 없습니다."

"니 요 지아 마? 당신은 집이 있습니까?"

"메이요. 없습니다."

"니 요 칭런 마? 당신은 애인이 있습니까?"

"칭런? 메이요. 애인? 그런데 손님한테 그런 걸 왜 물어?"

하오가 물었다. 나는 뜨끔했다.

"아는 단어는 다 써본 거야."

"니 용 션머 시앙쉐이?"

하오가 내게 물었다. 시앙쉐이라면 향수인데.

"나 향수 안 쓰는데?"

"너한테서 좋은 냄새가 나서."

하오가 내 쪽으로 몸을 기울이며 말했다. 막 샤워를 하고 나와서 샤워젤 향기인가 싶었다. 어쩌면 그냥 체취일지도 몰랐다. 덜 마른 머리카락이 어깨에 닿아 축축했다. 앉은키가 큰 하오가 내게 몸을 수그리자 나는 좀 부끄러워졌다. 그건 어떤 기억을 불러와서였다.

우리가 대학에 막 들어가 음주가무를 활발히 할 스무살 무렵이었다. 학교는 달랐지만 그때까지만 해도 동네 친구들과 곧잘 어울려 놀았는데 그날도 어김없이 호프집에서 싼 안주를 시켜놓고 맥주를 들이켜고 있었다. 매일 주량을 갱신하던 때라 한 타임 쉴 요량으로 밖으로 나왔다. 화장실이 있는 건물 안으로 들어가자 어두운 그늘 안에서 누군가 벽에 기대어 있었다. 흠칫 놀랐는데 하오였다. 나는 이상하게 기분이 들떠 있었는데 반가운 마음에 하오를 덥석 안고 말았다. 키가 큰 하오의 가슴에 안긴 꼴이었지만. 하오는 그런 나를 안지도 떠밀지도 않고 가만히 있었다. 잠시 후 멋쩍어진 내가 하오의 허리를 감싼 손을 풀고 고개를 들었다. 그러자 순간적으로 하오가 고개를 숙여 내게 입을 맞췄다. 그렇게 우리는 잠시 얼음이 되어 서로의 입술에 붙어 있었다.

그리고 다음 날 우리는 아무 일도 없었다는 듯 행동했다. 그리고 내 연애가 깨질 때마다 유화와 함께 위로주를 마셔주는 친구로 오늘까지 이어졌다. 하오도 그날을 기억하고 있을까. 몸을 기울였던 하오가 이내 허리를 곧추세우며 말했다.

"오늘은 여기까지."

점심은 근처 식당에서 먹곤 하지만 가끔 유화의 황소집에 가기도 한다. 8길과 4길을 연결하는 골목으로 빠져 중국 대사관을 지나면 황소집이 나온다. 황소집의 원래 상호는 황소고집이었으나 '고'자의 LED가 나가는 바람에 저녁에 간판 불을 켜면 자연스레 황소집이 되었다. 황소집의 사장님이자 유화의 아버지는 웬만해서는 지갑을 열지 않는 분이므로 몇 해째 황소집으로 운영하고 있다. 황소집 전에는 소곱창가게였고 그전에는 뭐였더라, 우동가게였던가. 아니다, 우동가게는 순댓국집 전이었던 거 같기도 하고.

앞서 내가 장업계의 3대 여제에 대해 언급했던 거 기억하시나, 독자들이여. 에스티 로더 여사 외에 두 명을 지금 소개하겠다. 엘리자베스 아덴과 헬레나 루빈스타인이다. 백화점 1층에서 어김없이 볼 수 있는 분들이다. 이 여사님들 또한 판매의 귀재들이었지만 오늘날 에스티 로더 여사와 그 위상이 다르다. 이들 모두 화장품 산업 초기에 살롱을 중심으로 사업을 시작했다. 하지만 로더 여사만이 변화하는 시장에 발 빠르게 적응했다. 백화점에 입점해 프레스티지 제품의 이미지를 갖춘 것이다. 다른 여제들의 제품은 이미 다국적 회사에 인수 합병되어 브랜드만이 남았지만 에스티 로더는 가족 비즈니스로 오롯이 후세들이 운영하고 있다. 명동의 트렌드가 여러 번 바뀌는 동안 유화의 부모님 가게도 그에 따라 상호가 여러 번 바뀌었다. 시대의 흐름에 재빠르게 몸을 맞춘 까닭에 20년 가까이 명동에서 살아남았다.

입구에는 실제 사이즈의 황소 모형이 놓여 있다. 한때, 이 가게의 트레이드마크였다. 지금은 낡고 비루해져 애물단지로 전락한 지 오래지만. 처음 가져왔을 때는 반들반들 윤도 나고 색도 선명했는데 지금은 햇빛에 바래고 비에 젖고 미세먼지와 황사 때문에 눈빛도 탁해졌다. 유화는 저 황소가 쳐다보는 눈빛이 기분 나쁘다고 했다. 미간이 넓은 데다 사시처럼 눈동자가 양옆으로 퍼져 있어서 좀 바보 같아 보이긴 한다. 하지만 그래서 순박한 맛이 있다. 유화 아버지의 고집으로 아직 입구를 지키고 있긴 하지만 언제 쓰레기 딱지가 붙어 내몰릴지 모르는 신세다.

'너, 참 처량한 신세다.'

황소 콧등의 먼지를 쓸어주며 말했다.

'너도 만만치 않아.'

황소가 내게 말한다.

'그래도 어쩌겠어. 존버 정신으로 버텨야지.'

황소가 존버를 알다니. 심지어 나를 위로하다니. 좀 이상하지만 왠지 이 황소하고는 이심전심이 되는 기분이다.

'해장이 필요한 얼굴이네?'

'그냥 배고픈 얼굴이야.'

'오늘은 선지가 신선해.'

선지가 신선하다고 말하는 소라니. 웃는 얼굴로 말하니까 더 섬뜩하다. 황소를 뒤로하고 매장에 들어서자 유화 어머니가 웃으며 맞아주셨다.

"소민이 왔구나. 일은 할 만하니?"

유화 어머니는 웃으며 내 어깨를 토닥였다.

"네, 안 짤리려고 열심히 하고 있어요."

나는 말 잘 듣는 딸처럼 씩씩하게 대답했다. 유화와는 중학교 때부터 단짝이다. 다행히 고등학교도 같은 곳으로 배정되어 6년 내내 붙어 다닌 셈이다. 그 후 대학은 각자 다른 곳을 갔지만 주말에는 여지없이 만나서 쇼핑도 다니고 수다도 떨며 놀았다.

"소민, 왔어? 뭐 먹을래?"

유화의 오빠인 유민오빠가 물병과 컵을 가져다주며 물었다. 이 집 식구는 다 나와서 가게서 일한다. 그야말로 가족 비즈니스다. 그리고 유민오빠는 여전히 멋있다.

"해장국 주세요."

"선지로 먹어. 오늘 선지 신선해."

속으로 움찔 놀랐다.

"네…… 그런데 유화는요?"

"화장실 갔나? 그런데 걔 요즘 왜 그러냐?"

"뭐가요?"

"언제는 화장을 버거처럼 하고 다니더니 요즘은 무슨 송장도 아니고. 손님 떨어질까 무섭다."

유민오빠는 과장되게 어깨를 들썩이며 말했다. 버거가 유명하긴 한가 보다. 여기서도 버거 얘기를 듣다니. 그런데 아니나 다를까. 저 멀리서 송장, 아니 유화가 걸어오고 있었다. 누렇게 뜬 얼굴에 다크서클은 턱까지 내려온데다 입술은 창백하고 눈썹은 반이 날아갔다. 처음 본 사람은 그러려니 할 수도 있겠지만 유화의 화려한 모습에 익숙한 우리에게는 사회에 불만이 있는 것처럼 보였다.

"안 불편해?"

"뭐가?"

"노메이크업으로 다니는 거."

"네가 그런 말 하니까 이상하다 야. 너도 불과 두어 달 전만 해도 이랬거든."

아. 맞다. 나도 존슨즈베이비로션만 바르던 얼굴이었지. 사람이 이렇게 간사하다. 지금은 기초만 해도 부스터, 스킨, 로션, 에센스, 크림, 다섯 개를 바른다. 그 후 메이크업베이스, 비비크림, 광채크림, 컨실러, 네 개를 덧바른 후 색조로 넘어간다. 아는 만큼 보인다고 알수록 더 바르게 된다.

"편하고 좋아. 저녁에 이중 세안할 필요도 없고 비누칠만 쓱쓱 하면 되니까. 남자들은 평생 이렇게 사는데 말이야."

어느 순간부터 유화는 남녀 대결 구도로 말하는 습관이 생겼다. 툭하면 남자는 브래지어 안 하잖아. 남자는 화장 안 하잖아. 남자는 애 안 낳잖아. 남자는 뭐 안 하잖아. 남자는, 남자는.

"열혈 페미니스트 나셨네."

유민오빠가 불판을 들고 지나가며 말했다. 유화는 이긴 자기 오빠를 흘겨보았다.

"저렇게 무지몽매하다니까."

진짜 페미니스트는 이렇지 않다고 말하고 싶었으나 이들 사이에 끼어들기 싫어 말을 삼켰다. 이 남매는 매일 아웅다웅이다. 축구를 전공했으나 부상을 당해 그만둔 후 황소집에 합류한 오빠를 유화는 운동을 했다고 은근히 무시했다. 원래 운동선수들이 머리가 좋다던데 유화는 믿지 않았다. 자기 오빠를 보면 안다고 했다.

유화의 증언과는 다르게 유민오빠는 어릴 때부터 싹수가 보인 잘나가던 축구 선수였다. 차범근 축구 교실부터 시작해서 학창 시절 내내 에이스 선수였다. 그러다 무릎을 다쳐서 더 이상 선수로 뛸 수 없게 되었을 때 유민오빠보다 더 절망한 사람은 유화의 부모님이었다. 특히 손해 보는 걸 제일 싫어하는 아버지는 그동안 투자했던 펀드가 반에 반에 반토막이 난 것처럼 원통해했다. 유화만 해도 어렸을 때 절대음감을 가지고 있다는 피아노 학원 선생 말에 넘어가 10여 년을 투자했건만 세계적인 피아니스트는커녕 제 앞가림도 못 한다고 투덜댔다. 지금은 전공과 무관하게 서빙과 고기 굽는 데 달인들이 되어 있다. 그리고 이 정도면 화목한 가족이다. 그럼 된 거다.

"너, 버거 알아?"

"버거? 요즘 핫하잖아. 베일에 싸인 여장 남자. 왜?"

이런. 나만 몰랐다.

"베일에 싸였어?"

"인스타 계정 외에는 아무것도 모른대. 노출을 전혀 안 해서 한국인이 아니라는 설도 있는데 알 수 없지. 혼혈인지도. 정말 트랜스젠더일 수도 있고. 그런데 그게 뭐 중요해. 남자든 여자든. 확실한 건 그냥 사람이라는 거지."

"너답지 않다."

이건 유화답지 않았다. 항상 대결 구도와 흑백 논리 일색이던 유화가 할 말은 아니었다.

"그래? 나다운 게 뭔데?"

다크서클이 드리워진 눈으로 나를 쳐다보며 유화가 말했다. 음…… 할 말을 못 참고 뜸 들이던 찰나,

"여기, 계산이요."

"네!"

유화는 카운터로 쪼르르 달려갔다. 그러게, '나답다'라는 건 뭘까. 노량진에서 공무원 시험 준비를 하면서 제일 많이 생각했던 것 중의 하나는 내가 하고 싶은 게 뭘까, 에 대한 거였다. 시험공부를 하면서 할 생각은 아니었지만 정말 이 길이 맞는지에 대한 의문은 늘 남아 있었다. 지금도 그 질문은 진행 중이다.

DAILY NOTE

1980년대 컬러 텔레비전이 도입되며 CF는 전성기를 맞이했다. 1987년에는 남녀 고용 평등법, 모자 복지법이 제정되며 여성의 인권이 높아지고 대학 진학 상승률도 올라갔는데 이는 대기업의 여성 인력 공개채용 시행까지 이어졌다. 그리고 이런 시대적 분위기는 여성상을 기존의 가정적인 것이 아닌 커리어우먼의 이미지로 탈바꿈하게 되는 계기가 되었다.

1980년대 화장품 광고 속 여성의 모습은 주로 서핑, 에어로빅, 자전거, 오토바이, 자동차, 행글라이더, 승마 등의 액션을 주로 보여준다. 그렇다면 1990년대 여성의 모습은 어떻게 변했을까. 그들은 70년대 미드 '원더우먼'과 '소머즈'를 보며 성장한 세대다. 80년대 대학 교육을 받아 90년대 전문인력으로 사회에 진출한다. 독립적이고 자존감이 높을 수밖에 없다. 1994년 당시 대학교 2학년 생이었던 신인 배우 이영애는 산소 같은 여자 시리즈에서 여형사, 보디가드 등 전문적인 직업을 가진 커리어우먼으로 나온다. 그리고 카피는

세상은 나를 원한다!

지금이야 손발이 오그라들지만 그때는 진지했다. 40년 가까이 지난 지금, 현재의 모습은 뭘까. 나는 버거의 얼굴을 떠올리며 생각에 잠겼다. 젠더와 섹슈얼을 넘어 그냥 인간의 모습이었던.

물과 기름을 섞어주는 마법의 가루

누구에게나 자신만의 화장법이 있다. 전 세계 인구가 70억이라면 70억 개의 화장공법이 있는 셈이다. 강점을 살리고 약점은 감추는, 위장에 가까운 나만의 화장술. 저기 저 여자를 봐라. 눈꼬리가 처지고 인중이 좁고 길어서 전체적으로 얼굴이 길어 보인다. 그런데도 어두운색 언더 아이섀도를 하는 바람에 다크서클을 강조하고, 블러셔를 눈동자 정가운데 바로 아래, 애플존에 동그랗게 칠해 강시룩을 완성시켰다. 하마터면 이마에 부적을 붙일 뻔했다. 본인은 모를 테지만, 결과적으로 얼굴이 긴 강시가 됐다.

손님, 얼굴 좀 들어올리시죠.

라고 말해주고 싶지만 아쉽게도 중국인이다. 아직 거

기까지는 내 회화 실력이 안 된다. 아쉽게 돌아서는데 와장창도 아니고 쨍그랑도 아닌, 작은 유리가 바닥으로 떨어져 깨지는 소리가 났다. 뒤를 돌아보니 얼굴이 긴 강시가 어쩔 줄 몰라 하면서 서 있다. 테스터 매니큐어를 바르다가 바닥에 떨어뜨린 것이다. 병은 깨지고 붉은색의 찐득한 내용물이 파편처럼 흩뿌려졌다. 진작 부적을 붙여놨어야 하는 건데.

"메이꽌시, 괜찮아요."

빙빙이 당황하는 손님들을 안심시키자 춘옥이 매장 2층으로 올라갔다. 아마 빗자루를 가지러 가는 모양이었다. 강시는 미안한 표정을 지으며 다른 매대 진열대로 가 이것저것 들춰보다가 이내 통통 점프를 하며 나가버렸다.

"아침부터 재수 없게."

빙빙이 색조 매대 하부 서랍장에서 자신의 핑크빛 파우치를 꺼냈다. 위생 비닐에 곱게 싸인 하얀색 가루가 나왔다. 조심스럽게 손끝으로 조금씩 집어서 그들이 떠난 방향을 향해 힘껏 던졌다. 한 번, 두 번, 세 번. 그리고 마무리로 입안의 아밀라아제를 가득 모아서 퉤! 뱉었다.

제대로 배웠네. 풋, 웃음이 났다. 도우미 승임씨가 한국에서는 재수가 없으면 소금을 던진다, 그러고 나면 운이 좋아진다, 라고 말한 이후 직원들은 일제히 소금을 몸에 지니고 다녔다. 처음엔 식당에 가서 소금을 티슈에 조금씩 덜어서 슬쩍하다가 눈치가 보이자 누군가 아예 천일염 한 봉지를 사다가 놨다. 생각보다 소비량이 많았다. 그러자 돌아가면서 집에서 맛소금이고 굵은소금이고 가져다 놓기 시작했다.

직원들은 이 소금의 효능을 꽤 진정성 있게 믿었는데 장사라는 게 희한하게도 아침의 매상에 따라 하루가 좌우되기 때문이다. 아침 개시를 큰 손님으로 시작하면 그날 하루는 매상이 좋다. 반면 저렇게 진상 손님이 다녀가면 그날은 온종일 진상들에게 시달려야 했다. 입사 한 달 만에 '아침의 기와 하루의 매상'에 대한 비밀을 알고 나니 이런 현상에 대해 왜 아무도 연구하지 않는지 궁금해졌다. 왠지 과학적인 증명도 가능할 거 같은데.

빙빙은 문 앞에서 손바닥을 소리 나게 찰싹찰싹 털고는 어깨를 한번 부르르 떨었다. 늦가을이지만 흐린 날이라 체감 온도가 낮았다. 하지만 매장의 문은 활짝 열려 있었다. 문이 닫혀 있으면 열려 있는 것에 비해 손님이 들어올 확률이 더 떨어진다는 사장의 경영철학 때문이었다. 덕분에 매장 문은 눈이 오나 비가 오나 바람이 부나 365일 24시간 열려 있다고 했다. 내신 에어커튼이 천장에서 뜨거운 바람을 내뿜었다. 엄청난 전기세와 에너지 절약

단속반이 부과하는 벌금, 직원들의 감기로 인한 컨디션 저하, 진열장에 쌓이는 먼지를 감수하면서도 사장은 문 열기를 고수했다. 뜨거운 커피라도 한잔 타올 생각에 2층으로 올라갔다.

게시판을 보니 이번 주의 영업왕도 미영이가 차지했다. 사장은 월 단위로 영업왕을 뽑더니 이제 주 단위로 뽑기 시작했다. 그만큼 매출 압박도 심해졌다. 지난주에 이어 이번 주도 미영이 이름이 게시판에 쓰여 있자 다들 한숨을 쉬었다. 공지사항이 올라온 후 변화라면 변화였다. 원래는 그럴 줄 알았다는 듯 시큰둥했더랬는데.

미영이가 입사한 지는 반년, 그동안 영업왕을 놓친 적은 단 한 번, 쌍꺼풀 수술을 했을 때뿐이었다. 동글동글한 얼굴에 몸매도 투실투실해서 성격이 좋게 생겼지만 의외로 내성적이라 얘기를 나눠본 적이 별로 없었다. 필요한 말 외에 수다를 떠는 성격이 아닌데도 손님만 왔다 하면 조곤조곤 설득력 있는 화법으로 손님의 지갑을 그야말로 열어젖혔다.

미영이가 처음 한국에 들어왔다고 했을 때 유화는 충격을 받았다고 했다. 미영이의 어머니가 바로 황소집의 주방 이모인 춘자아줌마였기 때문이다. 춘자아줌마가 한국에 온 지는 햇수로 15년이 넘었다.

"코리안 드림 1세대지."

흑룡강 출신으로 딸 둘을 중국에 두고 혈혈단신 한국에 왔다고 했다.

"그때만 해도 애들이 초등학생이었거든. 아줌마 부탁으로 내가 걔네한테 메일을 보내준 적도 있어. 그런데 그 애가 어느새 커서 한국에 또 돈을 벌러 온 거야."

세월의 속절없음에, 자식까지 왔다는 사실에 유화는 두 번 놀랐다고 했다.

"춘자아줌마, 처음 한국에 왔을 때는 엄청 촌스러웠거든."

나는 떡진 새카만 머리카락을 질끈 동여맨 화장기 없는 촌부의 모습을 떠올렸다. 지금 아줌마의 모습과는 전혀 매치가 안 됐다. 오늘도 지나가다 보니 기능성 골프웨어를 입고 고기를 썰고 있었다. 머리 모양도 그렇고 얼핏 보면 강남 사모님 같았다. 한번은 어떤 손님이 퇴근하려는 춘자아줌마의 비싼 밍크코트에 술을 쏟는 바람에 손님이 세탁비를 물어준 적도 있다고 했다. 업주가 손님에게 물어준 적은 있지만 손님에게 받은 적은 아마 명동 최초일 거라나 뭐라나.

"지금은 연길에 아파트가 세 채래. 나보다 낫지 뭐."

미영이가 알고 보니 있는 집 딸이었구나. 그런데도 왜

그렇게 돈을 억척스레 벌려고 하는지 모를 일이었다. 어쨌든 딸을 매일 볼 수 있어서 아줌마는 행복하다고 했다. 그런데 문제는 미영이었다. 매일 늦게 들어오고 쉬는 날에도 집에 붙어 있질 않아서 마주보고 앉아서 얘기할 시간이 없다는 거였다. 정작 한국에 왔는데도. 어느 날은 말도 없이 나가서 쌍꺼풀 수술을 하고 왔다고 했다.

"엄마랑 별로 안 친한가 봐."

"15년을 떨어져 살았으면 그럴 수 있지."

"나도 별로 안 친해."

내 말에 유화가 피식 웃었다.

"어머니한테 전화 안 하냐?"

"전화 안 오면 오히려 안심할걸."

"그래도 자식 걱정 안 하는 부모가 어딨냐."

과연 그럴까. 엄마가 전업주부 말고 사회적으로 직업을 가졌던 적이 딱 한 번 있다. 친구 꼬임에 넘어가 보험설계사를 시작하더니 반년이 못 돼 그만뒀다. 덕분에 친척들에게 보험 하나씩 다 들게 만들고 민폐만 끼쳤다. 그리고 아버지와 이혼했다. 보험 때문은 아니었을 것이다. 나는 아빠와 살다가 아빠가 재혼한 후로는 엄마와 살았다. 엄마는 이혼 후 열심히 자신의 삶을 살았다. 젊었을 때부터 해오던 수영도 더 열심히 다녔고 산에도 열심히 갔으며 해외여행도 친구들과 꼬박꼬박 다녔다. 생활비는 아버지가 보내오는 양육비로 그럭저럭 살았다. 그러다 엄마도 재혼을 했다. 그 후 성인이 되어 독립하기 전까지 나는 그 둘 사이의 가정을 왔다 갔다 하며 살았다. 어디를 가도 눈치가 보이고 불편했으나 그들은 편히 지내라고 말했다. 그렇다고 불행했던 건 아니다. 모두 내게 친절했기 때문이다. 관심이 많지도 적지도 않은 상태에서의 친절함. 딱 그 정도였다.

그래서 나는 늘 유화의 가족과 비교를 하게 된다. 상권과 시류에 따라 바뀌는 상호와 사업의 오르내림, 부모가 자식의 진로에 적극적으로 관여하고 뒷바라지하는 모습, 그렇게 가족 비즈니스로 아웅다웅하며 사는 모습이 내 눈엔 더 좋아 보였다. 물론 유화는 애증의 존재들이라고 말했지만.

“소민씨!”

1층에서 부르는 소리가 들렸다. 내려가 보니 교복 천지였다. 지금 중간고사 기간인가. 요즘 화장품 매장은 여중고생들의 놀이터가 된 지 오래다. 립틴트는 종류별로 다 발라보고 아이라인을 두고 열띤 의견을 교환하며 향수를 귓불에 칙칙 뿌려대고 거울에 붙어서 테스터인 비비크림을 얼굴에 완벽하게 다 바른 후 손 닦게 물티슈까지 달라고 하는 아이들이다. 보고 있으면 복장이 터지기 일보 직전이다. 게다가 슬쩍하지는 않는지 유심히 살펴야 한다. 이런 진상 손님들이 내 몫이다. 머리가 지끈했다.

"여기요."

요즘엔 엄마들이 데리고 와서 아예 좋은 화장품을 사준다고 하더니 중학생 딸과 함께 온 30대 중후반의 여자가 직원을 불렀다.

"네, 도와드릴까요?"

옆에 있던 경란이 물었다. 그러자 여자는 경란을 위아래로 훑어보며 말했다.

"교포예요?"

그러곤 신뢰할 수 없다는 표정을 지어 보였다.

"외국인 말고, 한국 사람 없어요?"

세상에, 보는 내가 다 민망할 지경이다. 경란도 불쾌한 표정을 숨기지 않고 뒤로 물러난 후 나를 눈짓으로 불렀다.

"네, 손님 무얼 도와드릴까요?"

내 얼굴과 발음에서 한국 사람임을 확인한 여자는 그제야 자신의 용건을 말했다.

"애들 쓰기 좋은 순한 스킨로션 좀 보여주세요."

여자 옆에 선 중학생 딸의 피부를 한눈에 스캔했다.

여드름성 피부였다. 티트리 추출물이 함유된 아크네 라인을 꺼냈다.

"이 제품이 잘 맞겠네요. 아크네 라인이지만 순하게 나와서 자극 없이 쓸 수 있을 거예요."

여자는 샘플을 손등에 발라보고 냄새도 맡아봤다.

"그런데 이런 중저가 화장품을 사줘도 될지 모르겠네."

여자가 망설이자 이때다, 기회를 잡은 딸이 조르기 시작했다.

"내 친구들은 다 백화점 가서 산단 말이야. 이런 거 말고."

"네가 무슨 벌써부터 명품 화장품을 쓰니."

"내 짝도 클리니크 쓴단 말이야. 내 앞자리 애는 키엘 쓰고. 걔 짝은 록시땅 쓴다고!"

"무슨 애들이…… 엄마도 국산 쓰는데."

모녀의 실랑이가 지루하게 이어졌다.

"저기, 손님. 어느 브랜드나 좋은 화장품은 있어요. 자신한테 맞는 게 좋은 화장품이죠. 브랜드 말고 전 성분을 보고 선택하세요. 여기 뒤에 보면 보이시죠? 이게 이 스킨을 구성하고 있는 모든 성분이에요."

엄마가 고개를 숙여 내가 가리키는 전 성분을 봤고 딸

은, 관심이 없었다.

"제가 비밀 하나 알려드릴까요?"

딸이 나와 눈을 마주쳤다. 헛소리하면 죽어, 라는 눈빛이었다.

"화장품에 들어 있는 좋은 성분들 있죠, 레티놀, 아데노신, 알부틴, 니아신아마이드 이런 성분들이 비싼 게 아니에요. 그런데 왜 팍팍 많이 못 넣느냐면 화장품이기 때문에 그래요. 식약처가 고시한 만큼만 넣어야 하거든요. 그 이상 넣게 되면 의약품으로 분류가 되고 그걸 팔려면 매장에 의사가 상주하고 있어야 해요. 그러니까 결론은, 모든 화장품이 다 거기서 거기라는 거죠. 백화점에서 파는 비싼 브랜드도 의약품이 아닌 화장품이잖아요."

"그럼 왜 비싼 거예요?"

딸이 당돌하게 물었다.

"우선 백화점 입점 로열티가 비싸고요, 광고비랑 마케팅 비용도 비싸고요, 유통 마진도 있을 거고요."

"언니 얘기 들었지? 비싸다고 다 좋은 건 아니라잖아."

엄마가 내 말을 끊고 딸을 설득했지만 딸은 여전히 골이 난 상태였다.

"됐고. 난 키엘 아니면 안 살 거야!"

마치, 엄만 내 마음 몰라!를 외치듯 딸이 매장을 뛰쳐 나갔다. 엄마도 마지못해 따라 나갔다. 한참 진만 뺀 나는 그들 모녀의 뒷모습을 망연히 바라보았다. 스킨로션 세트 하나 파는 것도 이렇게 힘이 든다. 처음으로 인센티브를 기대했다가 허망해지고 말았다.

"세수나 깨끗이 할 것이지, 어린것들이."

승임씨가 어느새 옆에 서서 한소리를 했다. 시계 분침이 45분을 가리켰다. 승임씨의 쉬는 시간이다.

"소민씨, 고구마 먹을래요?"

승임씨가 나를 앞세워 2층으로 올라갔다. 실내에서도 오리털 점퍼를 벗지 않은 채 승임씨는 테이블에 앉아 고구마를 먹었다. 기모가 들어간 타이츠, 목이 올라오는 니트에 조끼까지 입고 그 위에 페이스페이스 로고가 박힌 점퍼를 입었다. 완전 무장이다. 아직 본격적인 겨울은 아니었지만 밖에 오래 서 있으면 콧물이 절로 흘렀다.

"온니, 안 답답해? 옷 좀 벗고 먹어."

맞은편에 앉아 휴대전화를 보던 빙빙이 말했다.

"야, 너 15분이 얼마나 금방 가는 줄 아냐? 바람에 피켓 안 날아가게 잘 두고 와야지, 2층 올라오는 데까지 손님들 사이 피해서 와야지, 계단 올라가려고 하면 직원들이 말 시키지, 그리고 저 계단이 좀 가파르냐. 중간에 한

번 쉬어서 숨 골라야지, 여기까지 이미 5분 지났어. 좀 앉았다가 물 한 잔 마시고 화장실 한 번 가고 문자 온 거 있나 확인하면 또 5분. 그리고 네가 이렇게 말 시키면 이봐, 또 2분 지났잖아. 그럼 내려가야 해. 1층 매장에서 거울 한 번 보고, 립스틱 한 번 발라주고 나가면 딱 15분이야. 너 같으면 옷 벗고 입고 할 새가 있겠냐?"

그러더니 시계를 보곤 이봐, 시간 다 됐네, 하곤 고구마를 입속에 쑤셔넣고 계단을 우당탕탕 뛰어 내려갔다. 도우미의 근무 패턴은 45분 일하고 15분 쉬는 것이다. 노상에서 45분 서 있는다는 게 어디 쉬운 일인가. 게다가 끊임없이 말을 하고 행인을 잡아끌며 호객을 해야 한다. 그러다 봉변도 당한다. 자기 남자친구에게 꼬리를 쳤다는 둥, 매장 한 바퀴 돌고 나오면 팩 준다고 해놓고 왜 안 주냐, 누굴 거지로 아냐는 둥 시비에 휘말리기도 한다. 심지어 옆 매장, 앞 매장의 도우미들과 경쟁 아닌 경쟁도 한다. 목소리가 작거나 멀뚱히 서 있으면 업주가 싫어하기 때문이다. 이렇게 일이 고달프고 험해서인지 시간당 보수가 좋았다. 도우미 세계에선 시간이 곧 돈이기 때문에 시간은 칼같이 지켜야 한다. 그래서 승임씨는 항상 습관적으로 시계를 보고 분 단위로 행동했다. 주말에만 오는 직원이었지만 한국 사람이 한 명 더 있다는 게 적지 않은 위안이 되었다.

미영이는 창고에서 상품 정리를 하고 있었다. 자신이 판매해서 매대에 빠진 물건은 창고에서 스스로 챙겨놔야 한다. 나랑은 10년 차이인데도 늘 말이 없고 판매를 잘해서 그런지 나이보다 조숙하게 느껴졌다. 나는 은근슬쩍 창고로 들어갔다.

"저기……."

미영이 나를 힐끔 돌아보았다.

"미영씨, 이번 주에도 판매왕이더라? 좋겠다. 판매 잘하려면 어떻게 해야 해?"

나는 지나가는 척 은밀히 영업왕의 노하우를 물었다. 스킨로션 세트를 꺼내다 말고 미영이 나를 끔벅거리며 쳐다봤다. 쌍꺼풀 붓기가 아직 남아 있었다.

"중국어 할 줄 알아요?"

"아니."

"일어는요?"

"어…… 아니."

피식.

저건 분명 비웃는 건데. 영업비밀이라도 흘려줄 거라 믿은 내가 순진했다. 비웃음이야 유화에게 매일 당하니 그러려니 하지만 어린것에게 당하는 조소는 더욱 쓰디썼다. 게다가 아침에 사장에게 깨진 후라 속이 더 쓰렸다.

"장소를 잘못 잡았어요."

"장소?"

"외국인 상권에서 외국어 못하면 낚싯줄 없이 낚시하는 격이잖아요."

그걸 누가 모르냐. 말을 잘하는 건 둘째치고 당돌하기까지 했다. 그동안의 수더분한 이미지는 보호색이었던가. 조선족 학교에서는 제2외국어로 일본어를 배운다고 했다. 그리고 미영이는 1년 동안 일본인 회사에서 일한 적도 있다고 하니 일어가 능통하지 않을 이유가 없었다. 조선족이니 한국어와 중국어는 기본 탑재에 유창한 일어까지 가능한 인재와 나처럼 소박하게 한국어와 문법으로만 아는 영어를 지닌 인간과는 애초 비교가 안 되는 거였다. 미영의 말처럼 막대기에 실을 꿰어 낚시를 하는 것과 다름이 없었다. 고가의 낚싯대를 가진 자 옆에서. 실망도 실망이지만 무안함이 극에 달해 할 말을 잃은 내게 미영은 마지막 일침을 날리고 창고에서 나갔다.

"숫자라도 잘 외워봐요."

카운터에서 계산이나 잘하라는 의미였다. 사장이 주는 것과는 또 다른 모욕감을 얼굴에 뿌렸다. 그리고 아래층에서 직원들은 자기들끼리 중국어로 대화를 하더니 한바탕 웃었다. 혹시 내 얘기를 하는 건 아닐까. 왠지 나를 보고 웃는 거 같은데. 나는 피해의식까지 생겨 신경이 곤두섰다. 그러고 보니 이런 고가의 낚싯대를 가진 인재를 나는 또 한 명 알고 있다. 하오. 녀석은 한국어, 영어, 중국어, 일어를 탑재했다. 그렇다고 대학에서 언어를 전공했느냐면 그것도 아니다. 하오는 미대를 나왔다. 그냥 순전히 독학으로 언어를 정복한 독한 놈이다. 오전조 근무여서 같이 퇴근하며 하오에게 오늘의 수모를 전했다.

"당돌하네."

하오가 담담하게 말했다.

"그치, 그치? 어린 게 아주 잔망스럽다니까."

"내가 가서 한번 발라줄까?"

마치 일진 친구인 양, 든든한 뒷배인 양 말하는 하오가 웃기면서도 고마웠다. 그리고 훅, 했다. 유창한 영어로 다다다 쏟아붓는 하오의 모습을 떠올리면서. 유치하지만 통쾌했다. 내가 웃자 하오도 보조개를 살짝 드러내며 씩 웃었다. 저렇게 괜찮은 녀석이 호텔에 취직한다고 했을 때 우리는 의아했다.

"너, 미대 나왔잖아."

유화의 질문에 하오는 그때 뭐라고 했던가.

"지잡대가 무슨 전공 타령이야."

이건 우리 모두에게 해당하는 말이었기에 분위기는 숙연해졌다. 유화는 음대를 나온 피아노 전공자다. 피아노 치던 손으로 지금은 고기를 자르고 돈을 세고 있다. 나로 말할 거 같으면 사학과다. 동양사학을 전공했다. 원래 목표는 게임 회사에 들어가 게임 시나리오를 쓰는 거였다. 그런데 문제가 있었다. 게임을 싫어한다는 것이다. 못하니까 싫어하고 싫어하니까 못했다. 그렇다면 영화 시나리오를 써볼까. 역사극에 도전했는데 여기서도 문제가 있었다. 자꾸 인물들이 하늘을 날아다녔다. 내 글을 본 유화는 이거 판타지냐고 했고 하오는 무협 판타지라고 했다. 이번엔 시대를 근미래로 앞당겨서 써봤다. 그랬더니 이번엔 SF라고 했다. SF가 제일 마음에 들었다. 왜냐하면 현재가 마음에 안 들었기 때문이다. 어쨌든 나는 역사 이면의 이야기를 좋아했고 혼자 쓰는 이야기에 더 잘 맞았다. 하지만 돈이 되지 않았다. 어쩌면 돈이 될 정도로 버티지 못한 건지도 모른다. 어쨌든 아무에게도 보여주진 못했지만 노량진에 있을 때도 혼자 끄적이길 좋아했다. 그래서였나. 매년 떨어진 이유가.

화장품은 물에 녹는 수용성 파트와 오일에 녹는 유용성 파트가 하나로 합쳐진 제품이다. 그리고 이런 상황을 유화(Emulsion)라고 한다.

식품에서 가장 유명한 유화제는 달걀노른자에 들어 있는 레시틴이다. 이 레시틴이 없으면 우리는 마요네즈를 먹을 수 없다. 수용성 성분인 식초와 유용성 성분인 올리브유는 노른자가 있어야 섞인다. 인스턴트커피의 프림은 카제인산나트륨으로 인해 물에 녹는다. 물과 기름처럼 따로 노는 관계에서는 이런 유화제가 필요하다.

"부모 자식 간에도 함께한 시간이 있어야 추억도 있고 정도 쌓이고 하는 법인데, 아줌마 말이 자식이 먼 친척처럼 느껴진다는 거야. 부모가 그런데 자식은 오죽하겠어."

유화의 말이 떠올랐다.

한집에서도 물과 기름처럼 서로 섞이지 못하고 뱅뱅 돌고 있는 관계라. 모든 모녀는 다 그런 건가. 엄마가 떠올랐다. 애정인지 애증인지 알 수 없는 관계.

우린 모두, 아직 유화제를 찾지 못했다

색조

하늘 아래 같은 색조는 없다

진정한 코스메틱 덕후는 '코랄빛 도는 핑크'와 '핑크빛 도는 코랄'을 구분한다. 장업계에 입문한 지 두 달 남짓, 나에게도 그 정도 감식안이 생겼다. 하지만 감정에도 색깔이 있다면 나는 그 교묘한 색채를 구분할 수 있을까. 어젯밤 일을 떠올리며 이상한 감정의 소요를 느꼈다. 오금이 저리면서 가슴은 두근거리고 목구멍은 간질거리는, 그러다 갑자기 혼자 폭소를 터뜨리는. 이런 나를 직원들이 걱정스럽다는 듯 쳐다봤다.

"소민씨, 어디 아파요?"

"온니, 뭐 잘못 먹었어요?"

모두 내게 관심이 많아졌다. 막 입사했을 때에 비해서.

"아니, 아니. 괜찮아."

내가 눈물을 닦아내며 말하자 빙빙이 이상하다는 듯 고개를 갸웃했다.

"올라와서 이거 좀 들어요."

쉬는 날인데 경란이 매장을 들어서며 말했다. 한 손엔 검은색 묵직한 봉지가 들려 있었다. 냄새를 맡은 빙빙이 좋아서 어쩔 줄 몰라 했다. 빙빙이 좋아하는 걸 보니 감이 왔다. 양념오리목뼈. 오리 목뼈를 매콤한 양념에 졸인 음식이었다. 때때로 누군가 대림시장에 가서 사왔는데 그러면 동그랗게 둘러서서 무슨 의식을 치르듯 조용히 뜯기 시작했다. 나는 그걸 목뼈 잔치라고 불렀다. 의례적으로 나에게 들겠냐고 물었지만 나 또한 의례적으로 사양하곤 했다.

"야보어, 야보어!"

요리 이름인가. 경란이 콧노래를 부르듯 2층으로 올라가며 말하는 게 들렸다. 장주임만 1층에 남고 모두 2층으로 올라갔다. 경란은 테이블에 검은 봉지를 풀어놓고 가방에서 무언가를 꺼내 두 장씩 나눠주었다. 위생장갑이었다. 춘옥, 경란, 빙빙, 미영이 양손에 장갑을 끼고 태세를 갖췄다. 나도 얼른 장갑을 꼈다. 봉지 안에서 또 비닐을 꺼내 풀자 매콤한 향이 확 끼쳤다. 점심시간이 다가와서인지 매운 내를 맡자 식욕이 동했다.

"마라탕 냄새가 나네요."

"맞아요. 양념에 마라도 들어가요."

춘옥이 오리 발을 하나 꺼내 들며 말했다.

"골고루 사왔네."

"혀, 간, 허파, 발이랑 목! 취향껏 드시오."

경란이 소매를 걷어붙이고 말했다. 동그랗게 앉아 다들 하나씩 잡고 뜯는데 나는 식욕과는 다르게 손이 망설였다. 목부터 한번 먹어볼까. 다른 부위들은 비주얼이 엄두가 안 났다. 목을 조심스럽게 잡고 앞니로 조금 뜯어먹었다. 매콤한 맛이 혀를 감싸며 입안에 침이 돌았다. 닭목과는 달리 오리 목은 생각보다 살이 실했다. 질기지도 퍽퍽하지도 않았고 그렇다고 살이 많지도 않으니 감질나게 맛있었다. 마라가 들어가 그런지 혀가 아릿해왔다. 모두 조용히 각자 잡은 부속고기를 열심히 뜯고 있었다. 콧방울에 땀이 송송 맺혔다. 오늘 점심은 다 먹었네. 다들 열중하느라 말이 없다. 검은색 봉지에서는 목뼈와 발이 끊임없이 나왔다. 침묵 속에서 이로 살을 바르고 혀로 양념을 핥았다. 위생장갑이 고추기름으로 번들거렸다.

"남편은 일 갔어?"

춘옥이 침묵을 깨고 경란에게 물었다.

"요즘 통 일 없다가 마침 오늘은 일이 있어 갔지."

경란의 남편은 막노동을 해서 새벽같이 인력시장에 나간다고 했다. 지난 회식 이후 관심을 가지니 보이는 것들이 있었다. 경란은 한국에 부부가 같이 나왔다. 하나 있는 딸은 중국에서 할머니의 손에 자라고 있었다. 방학이면 한국에 나온다고 했다. 그리고 경란은 섹스 중독자였다.

"경란이 너, 요즘도 남편 코피 쏟니?"

춘옥이 웃음을 참으며 말했다. 경란과 춘옥은 소학교 때부터 친구라고 했다.

"그래서 홍삼 먹이잖아."

경란이 웃으며 맞받아쳤다. 남편이 덮칠 거면 몸보신이나 시켜가며 덮치라고 했다며. 매일은 자기도 미안하니까 날짜를 손으로 꼽아가며 덮친다고 했다. 이런 이야기를 부끄럽지 않게 허물없이 하는 게 낯설었으나 생활인의 모습 같기도 했다.

춘옥의 경우는 사치가 심했다. 늘 새로운 아이템이 손에 들려 있었고 얼마 전에는 차를 바꿨다고 했다. 차를 바꿨다는 사실도 놀랍지만 차가 있다는 것 자체가 부러웠다. 빙빙은 학교에서 쪽지시험을 자주 본다며 손에 늘 수첩이 들려 있었다. 사자성어나 속담 같은 걸 주로 보는 것 같았다. 내게 그 뜻을 물어보는 일이 잦았다.

"온니, 이거 뭐예요? 왜 자기를 묶어요?"

자승자박(自繩自縛)이었다.

관심을 가지니 보이게 되고 보이니 잘해주고 싶은 마음이 생겼다.

"자기가 한 말에 스스로를 옭아맨다는 뜻이야."

고개를 갸웃하는 빙빙이 귀여웠다. 이제 막 말을 배우는 아이처럼.

"꿩 먹고 알 먹기? 많이 먹는다는 거예요?"

"그건 한 번에 두 가지 일을 했다는 뜻이야. 일타이피 같은 거."

"아, 중국에도 그런 말 있어요. 이 지엔 슈앙 띠아오, 한 개의 화살로 두 마리의 독수리를 잡는다."

빙빙이 유창한 중국어로 말했다.

"호랑이도 제 말 하면 온다? 호랑이가 말을 해요?"

"어떤 사람 얘기를 하고 있을 때 그 사람이 오면 그런 말을 해. 예를 들어 우리가 사장님 욕을 하고 있을 때 사장님이 짠하고 나타나는 거지."

말을 하다가 CCTV를 의식하곤 아차 싶었다.

"아, 중국에선 조조도 자기 말 하면 온다고 하는데."

"삼국지 조조?"

"네."

우리는 손뼉을 치며 웃었다. 문화의 외면은 달랐지만 본질은 같았다.

한바탕 부속고기 잔치를 치르고 나서 서로의 얼굴을 보니 마치 숯가마에 들어갔다 나온 여자들 같았다. 땀을 쏙 뺀 발그레한 뺨으로 모두 만족스러운 미소를 지었다. 내 얼굴도 그럴 터였다.

"온니, 사람이 연애를 너무 안 하면 이상해진대요."

빙빙이 물티슈로 입가를 닦으며 말했다.

"지금 나한테 하는 소리야?"

소개나 해주면서 그런 소리 하지.

"아뇨, 저 말이에요."

"빙빙?"

"저 한국 와서 엄청 외로워요. 중국에서 남자친구랑 헤어지고 많이 슬퍼요."

빙빙이 슬픈 표정으로 말했다. 그래서 어쩌란 말이냐.

"그래서 말인데요. 저 소개 좀 해주세요, 온니."

"소개? 나, 아는 사람이 없는데. 심지어 빙빙 또래라면……."

"하오오빠 해주세요."

"뭐?"

"여자친구 없다면서요."

끅. 매운 오리 목뼈가 목에 걸린 듯 딸꾹질이 나왔다. 빙빙의 얼굴을 보며 차마 판도라의 상자가 열렸다는 말은 할 수 없었다. 어제저녁이었다. 컨디션이 좋지 않았다. 오한이 드는 게 몸살기가 느껴졌다. 간밤에 더운 거 같아 문을 살짝 열어놓은 게 화근인 듯했다. 사장에게 얘기해 조금 일찍 퇴근했다. 세일을 앞두고 있었으므로(분기별로 한 번 하던 세일을 이제는 한 달에 한 번 수준으로 한다) 사장은 순순히 조기 퇴근을 시켜줬다.

집까지 걸어가는 길도 멀게 느껴졌다. 하오가 있다면 한결 수월할 텐데. 하오는 이번 주 오후조라고 했다. 아마 지금쯤 근무 중이겠지. 하오가 있는 호텔 쪽을 한번 쳐다보고 횡단보도를 건넜다. 겨우겨우 집까지 걸어서 도착했는데 옥탑까지 가는 계단을 보고 처음으로 한숨이 나왔다. 언제쯤 나는 지상에 살아볼까. 엘리베이터가 있는 지상 말이다. 전에 원룸은 엘리베이터 없는 4층짜리 건물이었다. 내가 살던 방은 4층이었고. 그 후 고시원도 3층이었다. 장점은 한번 집에 오면 잘 안 나가게 된다는 것이다. 그건 나가면 잘 안 들어오게 된다는 뜻이기도 했다. 아무튼, 지금은 난간 손잡이를 잡고 이를 악문 채 계단을 올랐다.

현관문을 여니 하오의 방문이 빼꼼히 열려 있는 게 보였다. 하오가 있나. 현관문을 중심으로 맞은편에는 싱크대가 있고 거실 겸 주방이라고 할 수 있는 공간을 사이에 두고 왼쪽에는 내 방 오른쪽에는 하오의 방이 있다. 그리고 싱크대 옆으로 화장실 문이 있다. 이상했다. 오늘은 하오가 오후조인 날인데 왜 방문이 열려 있고 불이 켜져 있을까. 혹시 문 닫는 걸 잊고 간 걸까. 절대 열지 말라고 했던 게 누구인데 그럴 리가. 열려 있는 틈을 슬쩍 들여다보니 화장대가 보였다. 화장대라고 단정할 수 있는 것은 영화에서 나올 법한 배우들이 분장하는 그런 화장대였기 때문이다. 사각형 거울의 테두리에 조명이 팡팡 켜져 있는 그런 화려한 화장대 말이다. 저런 게 왜 있지? 게다가 얼핏 봐도 어마어마하게 화장품이 널려 있다. 여자친구가 다녀간 걸까. 생각보다 여친의 영역이 넓다는 것에 내심 놀랐다. 그래도 그렇지 남의 집에서 저렇게 화장을……. 문득, 이상한 감이 스치고 지나갔다.

발가락에 뭔가 걸려서 보니 오렌지 계열의 아이섀도다. 이름은 '오픈금지판도라'. 요즘 색조 화장품 이름은 서정적이다 못해 관념적이다. 이름만 봐서는 좀처럼 무슨 색인지 종잡을 수 없다. '내마음속선인장' '햇살비친낙엽' '사랑은모래성' '카페라테우유많이' '불금브라운' 뭐

이 정도야 그렇다 치고. '키싱미키싱구라미' '불가사의한 불가사리' '고백을도와줘' '그녀의과거' '미지의세계' '시럽빼고테이크아웃' '휘핑빼고샷추가' '브라이덜샤워' '키작은돌하르방' '하트브레이커해피더스트' '수줍은손깍지' '레이트체크아웃' 등은 도대체 무슨 색이냔 말이다. 화장품업계 연구원들의 문학성에 깊은 경의를 표하려 하는데 갑자기 소리가 났다. 화장실이었다. 분명 부스럭 소리를 들었다. 이 집에 누군가 있다. 하오인가, 아님 하오의 여자친구? 아무리 여친이어도 그렇지, 아무도 없는 집에 실례 아닌가. 아니면 도둑인가. 이 옥탑방에 뭐 훔칠 게 있다고. 하긴 요즘 경기가 어려워 찬밥 더운밥 안 가린다던데 정말 도둑이 든 걸까. 나는 가스레인지 위 프라이팬을 슬며시 잡았다. 이것 가지고 약하다. 식칼도 뽑아 든다. 유화가 본다면 겁을 상실했냐고 그러겠지. 이럴 게 아니라 경찰에 신고부터 해야 하나. 혼란스럽다. 핸드폰을 막 집으려는 순간 문이 열렸다. 그리고 누군가 나왔다. 거구의 여자였다. 여자와 나는 서로를 보고 소리를 질렀다.

"악!"

"꺅!"

프라이팬과 식칼을 쥔 손에 힘이 들어갔다. 변태인가 봐. 겁이 덜컥 났다. 분장 수준의 화장에 핑크빛 스팽글

톱을 입은 여자는 금발이었다. 어디서 본 것도 같았지만 이런 해괴한 여자를 어디서 본단 말인가. 키는 또 왜 이렇게 커. 어쨌든 미친 여자가 틀림없다. 여자는 어쩔 줄 몰라 하는 게 눈에 보였다.

"왜 이렇게 빨리 왔어?"

"누, 누구세요?"

"칼 내려놔."

"싫어요."

"위험해."

"누군데 반말이세요, 자꾸!"

칼끝을 조준하며 물었다.

"그거 장미칼이야. 엄청 잘 들어. 내려놔."

거구의 여자가 차분한 목소리로 말했다. 장미칼이라고? 오른손에 쥔 칼을 내려다봤다. 장미 무늬가 옆면에 수놓아져 있었다. 이 집에 살면서 한 번도 칼을 잡아본 적이 없어서 낯설었다. 요리는 언제나 하오의 몫이었다. 그러고 보니 목소리가 낯익네. 심지어 남자 목소리다. 정신을 차리고 보니 그렇다.

"너, 누구야."

"다 설명할게. 우선 칼이랑 프라이팬부터 내려놔."

말끝에 씨익 웃으며 보조개를 만들어 보였다. 내 앞에

있는 이 이상한 여자가.

기가 막혔다. 오픈금지판도라가 바로 하오였다니. 맥이 탁 풀림과 동시에 그동안의 오해에 헛웃음이 나왔다.

"그 화장품들이 다 네 거였다고?"

"너 없을 때 잽싸게 해야 해서 허겁지겁 정리하느라."

"저래서 문도 열지 말라고 한 거고?"

화장대를 가리키며 내가 말했다. 하오가 고개를 끄덕였다. 세상에. 그럼 그날 밤 방에 비친 그 그림자도 하오였단 말인가. 그것도 모르고 난 찜질방에서 새우잠을 잔 거고. 이건 좀 억울한데.

"그냥 말을 하지 그랬어?"

"네가 어떻게 생각할지 몰라서."

"변태라고 생각했겠지."

하오의 입꼬리가 낙심한 듯 축 처졌다.

"농담이야."

"아니야. 이해하기 힘들겠지. 그럴 거야. 다들 그래. 그래서 신분을 감추는 거기도 하고."

하오가 버거였다. 아니, 요즘 그렇게 뜨겁게 유명하다는 버거가 하오란다. 이건 두 번째 충격이었다.

"내가 며칠 전에 버거에 대해 알게 돼서 망정이지. 너 정말 변태라고 생각했을 거야."

"겨우 며칠 전에 알았다고? 하긴 너 노량진에 있었지. 인스타에서 버거 팔로우가 몇인 줄 알아? 참, 너 팔로잉 했냐?"

"나 인스타 안 하는데."

하오가 아니 버거가(아직 분장을 지우기 전이다) 눈썹을 찡그리며 별종을 다 본다는 듯이 놀라는 표정을 지었다.

"속세에 내려왔으면 중생처럼 살아. 남들 하는 거 다 하고 좀 그래. 애가 왜 이렇게 융통성이 없니. 맨날 누워서 미드나 보고 있고 젊은 애가. 쯧쯧쯧."

하오의 어머니가 또 납시었다. 하오는 가끔 어머니 빙의가 되곤 하는데 저렇게 잔소리할 때는 꼭 그렇다.

"너도 노량진에서 5년 있어봐. 제일 하고 싶은 게 아무 생각 없이 배 깔고 누워서 온종일 미드 보는 거야."

그건 그렇고 버거의 모습으로 어머니가 빙의되니 참 볼 만했다.

"어머니는 아셔?"

"엄마? 미쳤냐. 아무도 몰라. 이 집에 버거가 사는 거."

"그런데 이름이 왜 버거야?"

"초창기에 한번은 햄버거를 들고 사진을 찍었거든. 그

냥 찍기는 심심하고 표정도 한계가 있고 해서 일종의 오브제였지. 그런데 그 사진이 유명해진 거야. 여기저기 퍼날라지고 심지어 어디 햄버거인지 사람들이 맞히고 있더라고. 그냥 저녁 먹으려고 사온 거였는데."

더 재밌는 건 그다음이었다. 한 대중문화평론가가 햄버거에 의미를 부여하기 시작했다는 것이다. 햄버거 속 재료의 다채로움을 예찬하고 다양성과 대중성 그리고 복합성 따위를 나열하며 그(그녀)는 이 하이브리드 시대의 문화 혼종이다, 라는 장문의 글을 썼다. 그 뒤 대중은 그(그녀)를 버거라고 부르기 시작했다. 자연스럽게.

"소수성 안에 내재되어 있는 다양성을 지향하고 있다나 뭐라나. 뭔 소린지는 모르겠지만 있어보이잖아."

하오는 아니, 버거는 어깨를 으쓱하며 손가락을 활짝 벌려 내 어깨를 톡 쳤다. 움직일 때마다 핑크빛 스팽글이 반짝거렸다. 묘하게 여성스럽다. 목소리는 그대로지만 말투와 몸놀림이 평상시 하오와 다르다는 느낌이 들었다. 그리고 버거를 3인칭으로 말하고 있었다. 역시 분장을 하면 다른 사람이 되는 거구나. 나는 하오가 아닌 처음 보는 사람, 버거와 이야기하는 기분이었다.

"언제부터야?"

"뭐가?"

"버거가 된 거."

"호텔에 취직하고 나서. 몸은 피곤한데 여기가 너무 허전하더라고."

하오는 스팽글이 반짝이는 가슴께에 손을 대며 말했다. 그림을 다시 그려볼까도 했지만 의욕도 의미도 찾을 수 없었다. 흰색 도화지는 피해 다녔지만 그와 반대로 뭔가를 그리고 칠하고 싶은 욕망은 더해만 갔다. 그러던 무렵

"드래그퀸을 알게 됐어."

그 자유로운 세계의 매력에 흠뻑 빠지게 됐다. 드래그퀸의 종류는 너무나 다양했다. 예쁘고 여성스러운 드래그퀸이 있는 반면에 수염과 근육을 자랑하는 드래그퀸이 있고 괴기스러운 고전 스타일링의 드래그퀸, 화려하고 초현실적인 분장으로 몽환적인 느낌을 주는 드래그퀸, 우스꽝스러운 코미디언 드래그퀸 등 모두가 달랐다. 공연 또한 마찬가지였다. 립싱크를 잘하는 드래그퀸, 라이브 노래를 하거나 춤을 추는 드래그퀸, 대중 앞에 스탠드업 코미디를 하는 드래그퀸. 다양한 공연문화가 존재했다.

드래그퀸이 있다면 드래그킹도 있다. 그가 게이가 됐든 레즈비언이 됐든 혹은 트렌스젠더가 되었든 그게 아니든 간에 그건 중요하지 않았다. 성별과 취향에 상관없이

자신이 입고 싶고 하고 싶은 것을 하는 게 중요했다. 그리고 존중받았다.

"그림을 꼭 캔버스에만 그리는 게 아니더라고. 새로운 곳을 발견한 거지."

"그래서 저 많은 화장품을 사들이기 시작한 거야?"

물감 대신 화장품이 산더미처럼 쌓여 있었다. 화장품에 가산을 탕진한 남자라니.

"이제 페이스페이스에서 직원가로 좀 살 수 있을까?"

하오가 아니 아직 버거가, 볼우물을 푸욱 패며 물어왔다. 원체 잘생겨서 그런가 분장을 해놓으니 더 예쁘다. 하오의 경우는 '초현실적인 분장으로 몽환적인 비주얼을 보여주는 드래그퀸'에 속했다. 인스타그램에서 얼핏 봤던 버거의 사진이 대부분 그랬다. 화려하지만 신비롭고 섹시하면서 귀여웠다.

"요즘엔 드래그 아티스트라고 불러."

"이젠 구경해도 되는 거지?"

내 말에 하오가 문을 열고 자신의 방을 안내했다. 역시 하오의 성격대로 깔끔했다. 침대와 화장대, 옷장이 가구의 전부였고 침대 맞은편으로 붙박이장처럼 보이는 문이 하나 보였다. 옥탑방에 붙박이장이라니. 방도 내 방보다 1.5배는 컸다. 하오가 손잡이를 잡았다. 순간 엉뚱하게도 문을 열었을 때 양약이나 생명의 물처럼 생명지수가 올라가는 아이템이 있었으면 좋겠다는 생각을 했다. 게임 회사에 계속 다녔어야 했나. 하지만 문이 열렸을 때 나타난 건,

"이야, 대단하다. 이걸 다 산 거야?"

화려한 가발과 의상 들이었다. 이태원의 쇼윈도에서나 볼 법한. 오프숄더의 드레스와 파워숄더의 재킷 들을 휘저으며 내가 말했다. 나는 입으라고 해도 못 입을 것 같은 의상들이었다. 가발도 총천연색의 화려한 것투성이였다. 돈도 많이 들었을 것 같은데 하오는 이런 걸 왜 하는 걸까.

"처음엔 그림을 그리고 싶어서 했는데 지금은 사람들이 나를 알아봐주고 좋아해주는 게 기분 좋아."

하오가 버거라는 사실은 당황스러웠지만 그림자의 비밀이 풀렸다는 데는 마음이 후련했다. 왜 다행이라는 생각이 드는 걸까. 그동안 불편했던 마음이 싹 사라졌다. 오래된 체증이 풀린 것처럼 만성 변비가 해소된 것처럼. 하오가 사랑스러워 보였다. 버거가 아닌 하오가.

"너, 그런데……."

하오의 얼굴에 가까이 다가가며 내가 말했다.

"왜, 왜."

하오가 앉아서 뒷걸음치다 벽에 등을 붙이고 앉아서 말했다. 나는 점점 다가가 그의 세운 무릎 위에 내 팔을 얹었다.

“뭐야, 왜 그러는데.”

버거 이면의 하오의 얼굴이 붉어졌다. 하오와 내 얼굴은 약 5cm. 코가 닿을락 말락 한 거리가 되었다. 그의 콧김이 내 인중에 와닿았다.

“있잖아…….”

“어.”

“너, 아이라인 죽인다. 눈꼬리 어떻게 그린 거야? 기집애, 나보다 훨씬 잘하는데?”

장난스러운 내 말투에 하오는 나를 뒤로 밀었다. 덕분에 벌러덩 엉덩방아를 찧고 말았다. 우리는 사이좋은 자매처럼 깔깔대며 웃었다.

“온니!”

다른 생각에 잠겨 있는 나를 빙빙이 불러왔다.

“어, 미안.”

“도대체 무슨 생각해요?”

빙빙이 책망하듯 물었다. 어젯밤 생각.

“하오오빠 어떻게 할 거예요? 소개해줄 거예요?”

나는 빙빙의 시선을 잠시 피했다.

"빙빙, 하오 애인 생겼어. 얼마 전에 소개받았는데 마음에 드나 봐."

이렇게 거짓말이 술술 나온다. 빙빙은 크게 낙심한 표정에 눈물까지 글썽인다.

"정말요? 소개받은 여자 예쁘대요?"

"글쎄……."

"진작 말할걸. 아끼다 똥 됐어요."

한국어가 제법이다. 풋, 웃음이 터지려는 걸 겨우 참았다. 그렇게 화려한 똥도 있다니.

버츠비. 버트의 꿀벌들이라는 이름의 이 브랜드는 말 그대로 벌꿀을 기반으로 한 화장품이다. 그중 립밤은 베스트셀러다. 노란색 스티커가 붙은 틴케이스에는 왠지 터프한 느낌의 할아버지 그림이 박혀 있다. 이 사람이 바로 버트 샤비츠이다. 그가 49세라는 꽤 느지막한 나이에 버츠비를 론칭한 데에는 로맨틱하되 현실적인 이야기가 숨어 있다.

양봉업자로 혼자 조용한 삶을 누리던 버트는 어느 날 차를 몰고 시내에 나가던 중 길가에서 히치하이킹을 하는 여자를 보게 된다. 그녀를 태운 후 운전하는 2시간 내내 대화를 나누다가 운명처럼 그만 서로 사랑에 빠지고 만다. 그녀가 바로 록산이다. 록산은 미술을 전공한 예술가였으나 사업 수완도 좋은 여자였다. 꿀을 빼낸 버트의 왁스로 처음엔 초를 만들더니 곧 화장품을 만들기 시작했다.

'아무도 오지 않고 내가 아무 데도 안 가도 되는 날이 바로 좋은 날이다'라는 자신의 신조처럼 버트는 자연에서의 소박한 삶에 행복을 느끼는 사내였다. 바로 그런 모습에 매력을 느낀 록산은 '버트의 꿀벌'이라는 브랜드를 만들고 그의 얼굴을 틴트에 박아넣었다. 집에서 혼자 하던 가내수공업은 우연한 기회를 안고 급물살을 타기 시작한다. 대도시인 노스캐롤라이나로 본사를 옮기는 등 사업 규모가 이전과는 상상할 수 없을 정도로 커졌다. 그리고 그들의 관계도 변했는데 연인으로서도 비즈니스 파트너로서도 결별한다.

버트는 사업에 적극적이지 않았고 록산은 완벽주의자였으나 그것과는 별개로 버트가 직원과 바람이 났던 것이다. 록산이 버트의 지분을 사들이며 그들의 모든 관계는 종지부를 찍었지만 그 후로도 소송을 하는 등 죽는 날까지 사이가 나빴다고 한다. 격렬했던 사랑이 무색하게도.

버트가 그날 히치하이커 록산을 그대로 지나쳐버렸다면. 록산의 차가 그날 펑크가 나지 않았더라면. 이 모든 일은 아마 없었을 것이다. 매일 밤 내가 바르는 버츠비 자몽 향 립밤도 말이다.

그날 밤, 우리의 시간이 서로를 비껴나갔더라면. 그래서 판도라의 상자가 열리지 않았더라면. 나는 내 마음을 영영 모를 뻔했다.

우리만의 이야기

헐레벌떡 뛰었지만 바로 앞에서 신호등에 빨간 불이 들어왔다. 하오가 샌드위치를 만들었다며 먹고 가라고 하는 바람에 좀 늦게 나왔더니만 지각하게 생겼다. 그리고 언제나 슬픈 예감은 틀린 적이 없다. 일찍 부지런 떨며 나오는 날은 코빼기도 안 보이더니 꼭 지각하는 날에는 사장이 나와 있다.

"소민씨, 내가 제일 싫어하는 게 뭐라고 했죠?"

"지각입니다."

"시간 약속 안 지키는 거 제일 싫어한다고 했죠?"

"네."

가방도 못 내려놓고 머리를 조아리며 말했다. 최대한 공손해 보이도록.

"앞으로 우리 매장도 삼진 아웃제 적용할 겁니다. 주의하세요."

"네."

"어제 매출은 왜 이렇게 저조하죠?"

"손님의 유입이 적었습니다(어제 근무일지에 써놨잖아)."

"그러니까 왜 적냐고요."

"모델이 바뀌면서 기존 모델이었던 제이의 팬층이 떨어져나가며 일본인 고객이 줄었고 중국인 같은 경우 일주일에 두세 번 몰려서 오는 경향이 있는데 어제는 없었습니다(그저께는 많았잖아. 그래서 매출 올렸잖아)."

"왜 없었죠?"

"그게…… 저……(그냥 사람이 안 들어오는 걸 나보고 어쩌라고)"

"소민씨은 영업 안 합니까? 그동안 인센 받은 게 한 번도 없네요."

"외국인 상권이다 보니 한국인 손님이 적은 데다 객단가도 적어서…… (카운터에서 계산은 누가 하게?)"

"매출이 떨어지는데 찬밥 더운밥 가립니까? 티끌이라도 모아야 할 거 아닙니까?"

"주의하겠습니다(언제는 한국인 받을 시간에 관광객

잡으라며?).”

“황소 사장님 신용으로 무경력에도 채용했지만 인턴 3개월 지켜보겠다는 건 유효합니다. 이제 보름 남았네요.”

말을 마치자마자 사장이 책상에 신문을 펼쳤다. 나가 보라는 의미였다. 나는 인사를 하고 무수리처럼 뒷걸음을 치며 나와서 소리가 안 나도록 조용히 문을 닫았다. 수모로 인해 자존감이 팍팍 깎이는 소리가 들렸다. 사장과의 면담은 언제나 참담하고(기분이 더럽고) 답답했다(열 받았다). 처음엔 어제오늘 말이 다르고 일관되지 않은 모습에 당황했지만 이젠 그냥 화풀이 대상이 필요하다는 걸 깨달았다. 날이 궂은 걸 나더러 어쩌란 말인가, 춘절이 끝나 중국 관광객이 뚝 끊긴 걸 내가 어쩌란 말이냐고. 내 월급의 팔 할은 사장의 욕받이 대가다.

페이스페이스 명동 1호점은 연단위 아니, 월단위만 해도 매출 규모가 상당하다. 이래서 명동이라 하는 것인가 싶지만 사장의 마인드는 그보다 더 높았다. 거의 삼성이나 현대와 같은 대기업 오너 수준이었다. 출근은 칼처럼 해야 하지만 퇴근을 칼처럼 했다가는 칼날 같은 눈빛에 베였다. 오버타임 근무를 직장생활의 미덕으로 여겼고 판매심리학을 읊으며 직원들을 교육하려 들었다. 이를테면 고객은 주로 매장의 오른쪽으로 돌기 때문에 신제품은 오른쪽에 전시하라, 백화점 1층에 루이비통과 샤넬이 있고 8층에 유니클로가 있는 이유를 근거로 고가의 영양크림을 먼저 보여주고 저가 순으로 보여줄 것, 그 밖에도 루돌프 효과나 초인종 효과 따위를 들먹였지만 사장의 이런 나름의 과학적인 판매 방식은 한류 모델 앞에서 무참히 사장되곤 했다. 일본 아줌마들은 페이스페이스의 모델인 한류스타 가수 제이의 금액별 굿즈를 받기 위해 불필요한 이것저것을 바구니에 담아들었다.

판매는 과학이고 심리전이라고 생각하는 사장이 가장 좋아하는 필리핀 속담이 있다. 화장실에 떡하니 붙어 있는 문장이다. '하지 않으려 하면 변명이 보이고 하려 하면 방법이 보인다.' 하지만 매장의 이 속담조차 인센티브라는 무시무시한 원동력 앞에서는 무기력했다. 판매 금액별 7만 원 10만 원 단위로 천 원씩 인센티브가 붙었다. 그러면 6만 원대에서 7만 원으로, 9만 원에서 10만 원으로 객단가를 쉽게 끌어올릴 수가 있다. 직원이 립밤이나 핸드크림 하나라도 권하느냐 마느냐에 따라 매출은 큰 차이를 보이는 것이다. 기본급 외에 인센티브로 가져가는 급여도 꽤 컸기 때문에 다들 눈에 불을 켜고 매출을 올렸지만 실은 돈이 전부는 아니었다. 주마다 뽑는 영업왕이 되면 특별히 따로 받는 게 있는 건 아니었지만 어깨에 뽕이 들어가게 된다. 반에서 1등 대접을 받는달까. 사장의 잔소리에서 비껴나가고 조금 휴식을 오래하거나 간식을 많이 먹어도 눈치가 덜 보이게 된다. 심지어 매대 진열에 대해서도 발언권이 강해진다. 이게 바로 자본주의의 힘이다.

사장은 황소집 단골손님이었다. 사장도 여기저기 매장을 열었다 접었다 하면서 명동에서 잔뼈가 굵은 사람이었고 유화의 부모님도 그랬으니 서로를 알아봤는지도 모른다. 어쨌든 유화 어머니의 소개로 나는 채용이 되었다. 첫 면담에서 사장은 직원 중 한국인은 없지만 점장만은 한국인을 쓰는 게 자신의 신조라고 했다. 그리고 경력이 없는 사람은 절대 쓰지 않는 것 또한 자신의 신조라고 했다. 하지만 황소 사장님의 보증으로 채용을 하겠다고 했다.

처음으로 내 피, 내 조국에게 감사했다. 나는 군필자, 장애인, 유공자도 아닌데. 지금까지 한 번도 받아본 적 없는 특혜였다. 처음 만난 한국인이 한국 사람이라는 것만으로 소개를 받고 나를 고용했다. 눈물이 날 것 같았다. 그가 나를 상사로서 혹독하게 박해한다 해도 나는 기꺼이 참을 수 있을 것만 같았다. 이런 나를 두고 유화가 여지없이 혀를 끌끌 찼다.

"정신 차려, 이것아. 여긴 명동이야, 명동. 피도 눈물도 없는 곳이라고."

겪어보니 명동이 그랬고 장업계가 그랬고 남의 지갑에서 돈을 빼내어 내 주머니에 넣는다는 행위 자체가 그랬다. 피와 눈물 없이는 할 수 없는 일이었다. 사장의 권고대로 우선 화장을 하는 것부터 시작했다. 면접을 보는 내내 민낯이었던 것이다. 나는 얼굴에 비비크림을 바르는 것으로 개점을 시작했다. 그리고 다음 날 화장을 정성껏 하고 출근하자 사장이 나를 유심히 쳐다봤다.

"그런 자원을 두고 왜 개발을 않지?"

한마디 툭 던지고 사무실로 올라갔다. 칭찬이라고 받아들였다. 하지만 지금은 폐점의 위협을 받고 있다. 뭐라도 해야 한다.

오픈금지판도라가 열린 날, 금발의 하오는 헤드윅 주인공을 코스프레한 것이라고 했다. 나는 얼른 얼마 전 읽은 책에서 힌트를 얻었다. 화장품 광고의 역사에 관한 책이었는데 1994년 아모레의 '산소 같은 여자'가 히트한 후 다음 광고의 콘셉트는 '영화처럼 사는 여자'였다. 영화 속 여주인공의 이미지를 모방한 광고였는데 딱 봐도 누군지 알 수 있게 화장, 의상, 분위기가 다 들어맞았다. 이거다, 이거.

"이번엔 네가 아니라 다른 사람 얼굴에 화장을 하는 거야."

"왜?"

"버거의 화장술을 자랑하는 거지."

"왜?"

"얼굴이라는 작은 우주에서 스토리텔링을 한다고 생각해봐. 멋지지 않아?"

"뷰티 유튜버가 얼마나 많은데."

'방자전'이라는 영화를 보면 어사로 임명된 이몽룡한테 이방이 이런 말을 한다. '다들 비슷비슷해. 뭐라고 할까? 나만의 이야기 같은 게 없어!'

"우리만의 이야기가 필요해."

"우리?"

"응, 우리."

"너는 뭐 하는데?"

"나는 준비된 쌩얼이지. 쌩얼이 필요할 거 아니야?"

나의 천연덕스러운 표정에 하오가 한숨을 쉬며 말했다.

"얼굴을 노출하겠다고?"

"그럼 노출 안 하고 어떻게 화장을 해. 너처럼 분장으로 가리는 게 아니라면."

"맞아. 나는 분장 속에 나를 숨기는 거야. 그리고 인터넷 안에서는 버거로 살아. 하지만 쌩얼을 드러내고 화장하는 과정을 찍는 건 다른 거야. 네 신분을 노출하는 거라고. 그래서 얻는 게 뭐야?"

"홍보."

"홍보?"

하오가 되물었다.

"모든 제품을 페이스페이스 것만 쓰는 거야. 그러면 홍보가 되지 않을까?"

"열심히 산다, 너."

비아냥인지 감탄인지 알 수 없는 말투였다.

"내가 이 상황에서 열심히라도 안 살면 어쩌겠냐. 집도 없어서 친구 집에 얹혀사는 주제에다 직장에선 언제 잘릴지 아슬아슬하지, 나도 아주 죽겠다고."

하오가 가만 내 얼굴을 쳐다보다 말했다.

"홍보가 됐다 쳐. 페이스페이스의 매출이 오르는 거지, 명동 1호점의 매출이 오르는 건 아니잖아. 하다못해 네게 인센이 가는 것도 아니고."

그건 그랬다. 직접적으로 매출이 오르는 건 아니었지만 그래도 나비효과 같은 걸 기대할 수 있지 않을까. 지금 같아선 지푸라기라도 잡아야 한다.

"게다가 명동은 외국인 상권이잖아. 한국 인스타그램을 하는 게 효과가 있을까?"

"얘가 얘가, 한류를 우습게 보네. 가장 한국적인 게 가장 세계적인 거다, 몰라? 이젠 케이팝에서 케이뷰티로 이동하고 있다잖아."

이쯤 되면 아무 말이나 다 갖다붙이는 거다. 그만큼 나는 절박했다.

"그래서 같이할 거야, 말 거야?"

"나한테는 어떤 이득이 되지?"

하오가 한숨을 쉬며 물었다.

"너는 콘텐츠랑 팔로워가 늘어나는 거지."

하오가 잠시 나를 바라봤다. 나는 불쌍해 보이는 표정을 지었다.

"좋아, 대신 조건이 있어."

"조건 좋아, 뭔데?"

"첫째, 콘셉트는 내가 잡을 거야."

"그럼 그럼, 네 마음대로 해."

"둘째, 업데이트하는 기간도 내가 정할 거고."

"그래 그래, 너무 자주 올려도 없어 보이지."

"셋째, 내 신분이 노출되어서는 안 돼."

"그래야지, 내가 주리가 틀리는 한이 있더라도 네 이

름은 안 불게."

"넷째, 페이스페이스 화장품, 직원가로 살래."

마지막 조건에서는 웃음이 터졌다.

"물건이야 내가 공수해올 테니, 넌 걱정 마. 신상으로 다 갖고올게."

그제야 하오의 얼굴이 밝아졌다. 나 또한 하오의 수락을 받자 천군만마를 얻은 듯 기뻤다. 게다가 우리 둘이서 뭔가 작당한다는 생각에 마음이 설렜다. 하지만 우리만의 이야기를 찾는 일이란 쉽지 않았다. 뷰티 동영상에 대해 잘 모르고 덤빈 나는 의견을 내는 족족 참담하게 깨졌다.

"영화 속 주인공 메이크업을 따라 해보는 건 어때?"

"그거 이미 다 하고 있어. 커버 메이크업이라고 해서 최근 개봉한 디즈니 주인공들은 다 했을걸."

"그럼 연예인 메이크업은?"

"그건 뷰티 동영상의 기본 중 기본이야. 거기서부터 시작됐는걸."

"그럼 데이트룩 메이크업은?"

"데일리 메이크업으로 그것도 기본이지."

당황하는 내 표정을 보고 하오가 이어 말했다.

"심지어 성형 메이크업도 나왔어."

"성형 메이크업?"

"가상으로 쌍꺼풀도 해보고 코도 높여보고 하는 거지."

"그게 화장으로 가능해?"

"그럼. 분장 수준이겠지만."

하…… 내가 생각하는 건 이미 남들이 다 하고 있었다. 이래서 새로운 걸 찾는 건 어려운 거구나.

"이건 어때? 기존 것에는 모방의 대상이 있을 뿐 상황은 없잖아. 구체적인 상황에 하고 갈 화장을 제시하는 거야."

"구체적 상황?"

하오가 눈썹을 위로 치켜뜨며 물었다.

"이를테면, 헤어진 남자친구를 다시 만날 때 하는 화장."

"오, 최선을 다해야겠네."

"그렇지. 최대한 섹시하되 청순하면서 도도해 보여야지."

"어렵다, 야."

"그럼 이건 어때, 썸남에게 고백하는 날 하는 화장. 아니면, 지각한 날 상사에게 아파 보이는 화장."

"지각한 마당에 그렇게 화장할 시간이 있냐. 차라리 노메이크업이 가장 설득력 있지 않을까."

"아니지, 연출이 필요하지. 노메이크업은 게을러 보이지만 다크서클을 그려주고 파운데이션으로 입술 라인을 없애고 파우더를 발라 메말라 보이게 하면 연차 내고 오늘 집에서 쉬라는 말이 절로 나올걸."

"아하, 그런 팁! 그럼 이건 어떨까. 스토커나 졸졸 쫓아다니는 남자 처치법. 엄청 못생기게 단점을 부각하는 화장이야. 코는 낮고 콧방울 퍼지게, 입술은 강팍해 보이도록 얇게, 이마는 짧게, 광대는 툭 튀어나오고 턱은 각지게."

하오도 재밌는지 아이디어를 던졌다.

"당장 떨어지겠는걸."

우리는 신이 나서 막 던지기 시작했다. 돈 빌려준 친구에게 독촉하기 위해 만나는 날 강하게 보이는 화장법, 상사 앞에서 브리핑할 때 똑 부러지게 보이는 화장법, 연인에게 이별을 통보할 때, 반대로 이별을 통보하는 연인을 붙잡을 때 하는 화장법, 용돈이 떨어졌을 때 부모님에게 애처로워 보이게 하는 화장법, 면접에서 상사에게 호감을 주는 화장법, 시댁에 갈 때 하는 며느리 화장법, 집세 올리겠다는 임대인 만나러 갈 때 하는 임차인 화장법. 남자친구와 공포영화 보러 갈 때 보호본능을 일으키게 하는 화장법 등 말도 안 되는 별의별 순간들을 다 떠올리며 말했다. 이걸 두고 브레인스토밍이라 하는 것인가. 말을 하다 보니 정말 잘될 거 같았다.

"지금 하나 해볼까? 세수부터 하고 와."

갑자기 적극적이 된 하오가 내 등을 떠밀었다.

"이건 네가 얼마나 화장이 잘 받는 얼굴인지 한번 테스트해보는 거야. 좀 화려하게 갈 거고,"

하오는 나를 화장대에 앉혔다. 그리고 거울에 비친 내 얼굴을 유심히 보았다. 너무 빤히 쳐다보니 좀 부끄러워졌다.

"시작한다."

하오가 전문가답게 스펀지를 잡으며 말했다.

1 스펀지로 두들겨 피부에 파운데이션을 골고루 펴 발라준다.
2 앞에서 바른 파운데이션보다 밝은 컬러의 스틱 컨실러를 이용하여 자연스럽게 얼굴에 하이라이트를 연출하여 입체감을 살려준다.
3 브러시를 이용하여 비비파우더를 얼굴 전체에 발라 번들거림과 무너짐을 잡아 고정한다.
4 화이트섀도로 밑바탕을 잡아준다.
5 아이섀도. 베이스 연한 브라운 컬러로 아이홀을 잡아준

다.

6 메인. 짙은 브라운 컬러로 음영을 준다.

7 포인트. 검정색상 섀도로 눈꼬리 부분을 진하게 채워준다.

8 위 섀도랑 연결해서 언더라인을 연결해준다.

9 펜슬라이너로 위아래 점막을 채워준다.

10 붓펜 타입의 아이라이너로 두께감 있게 라인 꼬리를 올려서 그려준다.

11 입자가 굵은 화이트오팔 글리터라이너로 위아래 하이라이트를 준다.

12 인조 속눈썹을 붙이기 전 뷰러로 속눈썹을 올린 후 마스카라를 해준다.

13 속눈썹 접착제를 고루 발라 올리고 살짝 말려준다.

14 짙은 브라운 계열로 블러셔를 해준다.

15 레드 색상의 립라이너로 입술 라인 잡아주기.

16 핑크가 가미된 레드 색상으로 입술 채워주기.

17 눈썹을 그려주고 눈썹 앞머리 연결해서 콧대 음영 주기.

18 밝은 색상 섀도로 하이라이트를 해준다.

19 브라운 계열의 섀도로 섀딩 후 마무리.

한 시간 반에 걸쳐서 이 과정을 내가 해냈다. 하오가

한 거긴 하지만 얼굴을 대고 기다리는 것도 할 짓이 못됐다. 이 지난한 과정을 자신의 얼굴에 해내는 하오가 대단해 보였다. 역시 즐기는 자는 이길 수 없다. 거울을 보니 섹시하면서도 도도해 보이는 웬 미녀가 앉아 있었다. 하오가 넋을 잃고 나를 바라봤다. 나를 보는 건지, 자신의 작품을 보는 건지는 모르겠지만.

처음 이야기가 나왔던 날을 기점으로 우리는 일주일에 두 번 업데이트를 하기로 했다. 이제 3주가 넘었으니 총 여섯 개의 동영상을 올렸다. 그중 첫 번째 작품인 '짝사랑 상대에게 두 번째 고백하는 날 하는 화장법'은 두 가지 면에서 히트를 쳤는데 첫 번째는 상황의 독특함 때문이었고 두 번째는 버거가 동영상을 찍었다는 데 있었다. 나는 매시간 사이트에 들어가 조회수 검색하는 낙으로 살았다. 개중엔 모델이 예쁘다는 댓글도 있었는데 그런 날이면 어깨에 뽕이 들어갔고 또 어떤 날은 모델이 너무 평범해서 화장이 안 산다는 말도 있었다. 그런 때는 의기소침해졌다. 이래서 연예인들이 악플에 힘들어하는구나 싶었는데 하오의 말이 떠올랐다. 얼굴을 공개하고 신분을 노출하는 건 신중해야 한다는 말.

이름이나 전화번호를 공개하는 것도 아니고 얼굴만 하는 건데 누가 나를 알아볼까, 생각했던 내 짐작은 빗나가고 말았는데 첫 번째, 춘옥을 간과했다. 세 번째 동영상을 올리고 다음 날 춘옥은 내 얼굴을 유심히 들여다보았다.

"왜, 왜요?"

춘옥의 시선을 피하며 내가 말했다.

"이상하다, 닮았는데."

춘옥이 고개를 갸웃하며 내게서 시선을 옮겼다. 가슴이 콩당콩당 뛰었다.

그리고 두 번째, 매장에 찾아온 손님으로 인해 깨져버렸다. 여자 손님 두 명이 들어오자마자 나를 빤히 쳐다보더니 물었다.

"혹시, 버거의 준비된 쌩얼 아니에요?"

"네?"

"인스타에서 봤는데. 버거, 모델이요. 맞죠?"

"아…… 그게…… "

맞다고도 못 하고 아니라고도 못 한 채 얼버무리자

"맞네, 맞아."

자기들끼리 결론을 내렸다. 나를 어떻게 찾았을까. 우연히 알아본 게 아니라 찾아냈다는 생각이 들 정도로 단도직입적이었다. 다행히 직원들이 모두 영업 중이라 눈치는 못 챈 듯했다.

"어떻게 아셨어요?"

목소리를 낮춰 물었다.

"여기 거만 쓰기에 페이스페이스 고객센터에 전화해서 물어봤어요. 버거 동영상의 모델이 거기 직원이냐고 그랬더니 확인 후 연락 준다더라고요. 다음 날 전화 왔는데 직원이 아니라는 거예요. 본사 직원은 아니지만 지점 직원인 거 같다고."

깜짝 놀랐다. 본사에서는 지점 직원인 걸 어떻게 알았을까. 그리고 이 사람들은 50개국 만 개가 넘는 페이스페이스 지점 중 어떻게 명동 1호점인 걸 안 걸까. 나는 두 여자를 구석으로 몰아넣고 물어보았다.

"제가 여기 있는 건 어떻게 아셨어요? 본사에서 알려주던가요?"

"아뇨, 본사는 어느 지점이라고는 말 안 했어요. 저희가 알아낸 거죠."

하고 두 명의 여자는 의기양양하게 웃었다. 여자 중 한 명이 덧니를 드러내며 미소를 지었다. 덧니가 인간과 흡혈귀의 혼혈처럼 보였다. 잘 어울렸다.

"마스카라 있잖아요. '울어도돼마스카라'요. 그거 저번 달, 명동점에서만 진행했던 프로모션이었잖아요. 그래서 명동점을 모두 털어보자 생각했죠. 여섯 개 지점 중에 두 번째로 온 거예요. 이쯤이면 타율이 나쁘지 않았죠?"

덧니는 스스로 기특하다는 듯 웃으며 말했다. 이런 눈빠른 소비자를 봤나. 하지만 반은 맞고 반은 틀렸다. 외국인 상권을 위한 프로모션으로 진행한 것은 맞았으나 명동점과 동대문역사문화공원점, 홍대점 이렇게 세 곳이었는데 운이 좋았다. 그리고 그녀들은 바로 물었다.

"버거는 어디 있어요?"

"버거하고는 무슨 관계예요?"

"버거 실물은 어때요?"

"게이예요?"

"트랜스젠더는 아니죠?"

"아니라니까."

"모르는 거지."

"트랜스는 딱 티 나."

취조하듯 질문을 해대더니 이젠 자기들끼리 싸웠다. 직원들이 하나둘 이쪽을 힐끔거리기 시작했다.

"저기요, 여기서들 이러시면 안 되고요."

여자 둘이 나를 동시에 쳐다봤다. 20대 초반 즈음, 대학생인 것도 같고 노안인 고등학생 같기도 했다.

"제가 신분이 드러나면 좀 곤란하거든요."

나는 복화술을 하듯 말했다. 누가 보면 국정원 요원이

나 되는 줄 알겠지만 마음이 조마조마해서 스파이 같은 건 못 할 거 같았다.

"얼굴을 깠잖아요."

송곳니가 덧니처럼 튀어나온 여자가 의아하다는 듯이 말했다.

"그렇긴 한데 여긴 직장이라서……."

말해놓고도 이상했다. 화장품 파는 직장인데 화장하는 동영상이 뭐 어때서? 게다가 기특하게도 직장의 브랜드만 썼는데? 오히려 내가 그 '준비된 쌩얼'이다! 홍보해야 하는 거 아닌가?

"우린 버거 팬이에요. 버거 신상만 알면 돼요. 그쪽은 관심 없어요."

버거의 신상을 보호하기 위해서는 매장 직원들이 알아서 좋을 게 없었다. 하오와 나를 동시에 알고 있는 사람들은 위험하다. 그런데 가만, '그쪽'이라니 얘네들도 참 싸가지 없다.

"저는 그냥 고용된 사람이에요. 버건가 뭔가 몰라요. 살 거 없으시면 나가주세요."

처음부터 아니라고 딱 잡아떼는 거였는데. 순진했다.

"알려주기 전까지 안 갈 거예요."

송곳니 외 1명이 꽤 세게 나왔다. 정말 안 가겠다는 기세로 팔짱을 딱 낀 채 여차하면 주저앉겠다는 의지를 보였다. 안 나가겠다 이거지? 영업 방해로 신고하겠다 할까 하다가 일이 더 커지겠다 싶었다. 영업 방해 신고는 유화가 전문이었다. 진상에게 쓰는 최후의 레드카드라고 했다.

"진짜 몰라요. 정말 안 나갈 거예요?"

여자들은 입을 꾹 다문 채 고개만 끄덕였다. 그리고 직원들이 무슨 일인가, 다 쳐다보고 있었다.

"그럼 제가 나갈게요."

문을 열고 밖으로 나왔다. 여자들은 황당하다는 듯 유리 너머 쳐다보는 게 느껴졌다. 마침 점심시간이었다. 조금 늦게 들어가기 위해 일부러 황소집으로 갔다. 들어가자마자 유화가 빠른 걸음으로 다가왔다.

"빅뉴스, 빅뉴스."

유화가 호들갑을 떨며 말했다.

"뭔데 그래?"

시큰둥한 내게 유화가 팔짱을 끼더니 주위를 경계하듯 둘러보았다.

"미영이 임신했대."

유화가 귓속말을 한 후 눈을 치켜떴다. 대박이지? 라는 표정이었다.

"남자친구가 있었어?"

"그랬던가 봐. 얌전한 송아지가 부뚜막에 먼저 올라간다더니만."

얌전한 고양이라고 정정해주려는데 주방에서 춘자아줌마가 고기를 써는 모습이 보였다. 할머니라고 하기엔 젊은 나이였다. 하긴 미영이도 엄마가 되기엔 어린 나이였다. 이제 스무 살인데.

"그래도 우리보다 낫다 야."

유화가 자조 섞인 말투로 말했다. 그래서 며칠째 미영이가 결근이었군. 에이스가 자리를 비운 사이 매장의 매출은 뚝뚝 떨어졌고 사장의 혈압은 점점 올라갔다. 그래서 요즘 심기가 불편한 것이었어. 더불어 내 안위도 불안해졌다.

팬덤이 있는 곳에 굿즈가 있다.

굿즈는 아이돌 팬덤 문화에서 은어처럼 쓰였던 단어였으나 이제는 장르를 가리지 않는 보편적인 단어가 되었다. 자신이 좋아하는 대상을 적극적으로 응원하는 팬덤 문화가 번져나가며 시장도 점점 커졌다. 아이돌 굿즈 시장 규모는 연간 1500억 원을 훌쩍 넘어섰는데 열풍의 원인은 콘텐츠를 일상에서도 소비하고 싶은 팬들의 심리에 있다. 일상생활에서도 나만의 취향을 즐기고자 하는 경향이 굿즈 수집으로 이어졌던 것이다. 인터넷 서점에서 굿즈로 준다는 맥주잔이 탐이 나 자기 책을 주문하고 말았다는 작가가 있을 정도인데 말 다 했다.

화장품 광고 모델도 이래서 중요하다. 팬들은 굿즈를 받기 위해 바구니를 채운다. 낮에 다녀간 버거의 팬들이 '울어도돼마스카라'를 비롯해 동영상 제작 시 사용했던 화장품 등을 구매한 것을 보고 다시 한번 느꼈다. 버거의 얼굴이 들어간 굿즈가 있으면 좋았을 텐데 싶었다.

그리고 내 인센티브는 쌓여간다. 점장에 한 걸음씩 다가가고 있다.

젖과 꿀이 흐르는 땅

오전 10시가 되자 개사장님이 도착했다. 언제나 가장 먼저 노점을 여는 사람이다. 제일 먼저 연다고 해서 제일 먼저 개시를 하는 것도 아니었지만 늘 같은 시간대에 어김없이 문을 여는 것. 이것이 개사장님의 철칙이었다.

"눈이 오나 비가 오나 바람이 부나 열어야 뒤아. 길바닥에 사람이 안 다니는 날에도 열어야 뒤아. 그래야 단골도 생기고 오늘 안 온 손님이 내일 올 수도 있는 겨."

금, 토, 일요일이 되면 주말 특수를 노리고 코스메로드에 노점이 섰다. 8길의 거리 폭은 약 4m가량, 그 가운데에 거리를 따라 일렬로 노점이 줄을 이었다. 종류도 다양해서 노점 라인을 따라가며 구경하는 것도 꽤 쏠쏠한 재미다. 대부분 관광객을 노린 먹을거리들이 많았는데 핫

바, 떡볶이, 순대, 튀김과 같은 전통적인 길거리 음식을 비롯해서 컵짜장면, 딸기모찌, 씨앗호떡, 비닐 팩에 넣어 파는 칵테일, 타코야키, 미니피자 등 종류도 다양했다. 그 밖에는 보세 옷과 액세서리, 안경테 따위를 파는 좌판들이었다.

그중 페이스페이스 1호점 앞은 강아지 옷을 파는 자리였다. 연세가 꽤 있어 보이는 노인이었는데 사람들은 이 할아버지를 개사장님이라고 불렀다. 좌판이 서는 자리 한 칸당 권리금이 어마어마하다는 소문이 사실일지도 몰랐다. 개사장 옆에는 안경사장, 그 옆에는 호떡사장, 그 옆에는 신발사장, 떡순사장, 타코사장 등 모두가 사장들이었다. 그리고 그들은 개사장 할아버지처럼 모두가 근면 성실한 일꾼들이다. 정말 비바람이 몰아치고 영하 10도 이하로 떨어지는 궂은 날에도 묵묵히 나와 좌판을 펼쳤다. 그리고 전기방석 하나에 의존해 눈보라가 치는 노상을 온몸으로 견뎠다.

요 근래 폭설주의보가 내린 날이 있었다. 눈이 오면 기온은 상대적으로 포근하다는데 바람이 불어서인지 체감온도가 영하 20도는 되는 것 같았다. 주말인데도 사장이 365일 열려 있는 매장의 자동문을 닫으라고 할 정도였다. 밖에 나가면 얼굴 피부가 찢어질 정도로 추웠다. 칼

바람을 왜 칼바람이라고 하는지 알 것 같았다. 노점상이 띄엄띄엄 보였다. 하지만 개사장님은 아침 일찍 문을 열었다. 열 배출을 줄이기 위해 몸을 최대한 웅송그리고 앉아 덜덜 떨고 있었다. 정오까지 다니는 사람이 없어 개시도 하지 못한 것 같았는데 보는 사람이 다 안쓰러워지는 장면이었다. 점심을 먹고 오는 길에 편의점에 들러 뜨거운 캔 음료를 하나 샀다. 그리고 개사장님의 손에 쥐어주자 '어이쿠 고마워요, 아가씨' 하며 하얀 입김을 내뿜었다. 앞에서 이런 나를 보고 있던 승임씨가 매장 안으로 들어와 내 팔을 잡아끌었다.

"춰, 고양이 생각해주고 있네. 저 할아버지 이 주변에 빌딩이 몇 챈 줄이나 알아?"

승임씨가 콧방귀를 뀌며 내게 물었다.

"그런 부자가 왜 저러고 있어요?"

"평생 저렇게 살았으니 인이 박인 거지 뭐."

인이 박인 삶이란 어떤 것일까. 저녁에 샤워를 하려고 보면 왼쪽 손등이 울긋불긋 반짝반짝 빛난다. 손님에게 립스틱 하나를 팔기 위해 각종 립스틱과 립틴트를 테스트한 흔적들이다. 붉은색 틴트는 물이 들어 잘 지워지지도 않았다. 승임씨는 스무 살부터 지금까지 15년을 도우미로 살며 목소리가 변했다고 했다. 원래는 가늘고 여성스러운 목소리였단다. 지금은 허스키 보이스다. 15년 동안 휴가다운 휴가는 단 사흘. 제주도가 다 뭐야 비행기 타본 적도 없어, 라고 말하며 서글프게 웃어넘겼다.

"우리 멍순씨 출근했네."

춘옥이 매대에서 팔짱을 낀 채 입구를 바라보며 말했다. 매장 입구의 왼쪽, 변함없이 그 자리에 멍순씨가 서 있었다. 멍순씨는 160cm 초반의 신장에 어깨가 떡 벌어지고 복부에는 지방으로 빚은 튜브를 장착한 여자 사람이었다. 정확히 '여자'라고 말하기 애매한 것은 스스로 여자라는 것을 인식하고 있을지에 대한 확신이 없기 때문이다. 멍순씨의 몸매는 관리를 안 하는 중년 같았지만 손만은 20대 아가씨처럼 보드라웠다. 그리고 표정은 5세 아이의 그것이었다. 천진하고 소심하고 수줍어서 경계를 하는 듯하면서도 와락, 아무나 믿어버릴 것만 같은 그래서 너무나 얇고 섬세한 유리 공예품처럼 경이롭고도 불안한 눈빛을 지녔다.

그런데도 별명은 아이러니하게 멍순씨였다. 매장 왼쪽에는 페이스페이스의 모델인 남자 아이돌 제이의 등신대가 서 있다. 멍순씨의 일과는 코스메로드로 출근해서 그 등신대를 한 시간이고 두 시간이고 멍하니 서서 바라보는 일이었다. 가끔 제이와 대화를 나누기도 했다. 딱딱

한 패널 속 제이는 눈이 오나 비가 오나 멍순씨를 향해 늘 세련된 웃음을 지어준다. 햇빛에 하도 오래 노출이 돼서 좀 바래기는 했지만 멍순씨는 그다지 신경 쓰지 않는 것 같았다.

"쟤는 춥지도 않나. 맨날 추리닝 바람이야."

경란이 선반의 먼지를 걸레로 닦으며 말했다. 경란은 심양 출신으로 나와 동갑이었다. 경란이 오전 팀인 까닭은 아마도 저 걸레질 때문일 거라고 모두 생각했다. 뭔가 강박적으로 닦거나 쓸지 않으면 못 견디는 성격이었다. 덕분에 다른 직원들은 청소에서 해방될 수 있으니 이런 경란을 고맙고 좋아해야 하겠지만 그렇지만도 않았다. 경란은 어딘가 모르게 꽉 막힌 성격이었다. 그 고지식하고 답답한 부분 때문에 다른 직원들과 종종 충돌을 일으키곤 했다. 역시 모든 게 좋은 사람은 없는 법이다.

"멍순씨 목소리 들어봤어? 애기야, 애기. 나이는 마흔이라던데."

경란이 선반 걸레질을 끝내고 대걸레로 바닥을 밀며 말했다.

"말도 해?"

누군가와 대화를 하는 걸 본 적이 없었다.

"승임씨랑은 얘기하던데."

한 무리의 중학생이 틴트 매대에서 찍어 바를 것을 다 바르고 나갔다. 오전부터 웬일이지. 시험 기간인가. 쟤들은 왜 학교 운동장에서 안 놀고 화장품가게에서 노는 걸까. 중딩들을 감시하듯 지켜보고 있던 빙빙이 우리의 대화에 합류했다.

"키티할머니도 승임온니한테는 말한다면서요?"

승임씨는 거리의 천사인 게 분명하다. 맞다. 키티할머니도 있었다. 백발이 성성한 머리카락을 깡똥하게 묶고 안경을 쓴 채 늘 팔짱을 끼고 다녔다. 뭔가 못마땅하다는 듯 혹은 누군가를 감시라도 하듯 엑스자로 팔짱을 낀 손을 결코 푸는 법이 없었다. 특이한 점은 항상 일본 고양이 캐릭터인 키티가 그려진 옷을 입고 다닌다는 점이었다. 위아래 키티가 그려진 분홍색 혹은 노란색 옷을 입고 불만에 차서 중얼중얼거리는 70대 할머니도 멍순씨만큼이나 단골이었다. 키티할머니는 치매인 듯 승임씨를 자꾸 누군가로 착각했다.

"네가 아랫집 막내딸 정숙이냐?"

"나 정숙이 아닌데, 엄마. 엄마, 오늘 새 옷 입었네. 못 보던 키티야."

승임씨는 중년의 여성 손님에게 엄마라고 부르며 호객을 하곤 했다. 원래 성격이 그런 건지 일을 하다 보니 그렇게 된 건지 털털하고 아무에게나 쉽게 다가갔다. 그래서인지 키티할머니도 승임씨가 없는 평일이면 매장 안을 힐끔거렸다. 정숙이 안 나왔냐? 하고 묻는 눈빛이었다.

"왜, 야타맨도 있잖아."

춘옥이 웃으며 말했다. 멍순씨와 키티할머니에 비하면 비교적 가끔 오는 남자다. 항상 우리 매장의 쇼윈도 앞에 차를 주차하고 우리에게 타라고 했다. 너무 멀쩡하게 생겨서 처음엔 그가 마임을 하는 행위예술가인 줄 알았다. 보이지 않는 허상의 핸들로 운전을 해서 기어까지 P에 놓고 얌전히 주차를 하기 때문이다. 그리고 매장을 향해 야! 하고 시선을 끈 후 사람들이 쳐다보면 타! 하고 외쳤다. 물론 아무도 타지 않는다. 그럼 그는 다시 기어를 바꾸고 운전을 해서 다른 곳으로 이동했다.

그들 모두 입성을 보면 노숙자는 아니었다. 집이 있고 누군가 돌보아주고 있는 사람이 존재했다. 멍순씨는 버스 기사에게 의탁해서, 키티할머니는 끊임없이 중얼거리며, 야타맨은 자기 눈에만 보이는 차를 운전해서 다들 집으로 돌아갔다. 적어도 저들은 돌아갈 집이 있는 것이다. 코스메로드에는 그렇지 못한 사람들이 훨씬 많았다.

하루에도 구걸을 하는 노숙자들이 족히 서너 명은 들

어왔다. 화장품 매장은 주로 여자들이 많으니 만만하게 생각하는 모양이었다. 그들의 행색은 말 그대로 거지꼴이었다. 도대체 언제 씻었을까 싶게 땟국에 절어 있는 옷가지와 까맣게 낀 손톱의 때, 개기름에 젖어 납작하게 눌려 있는 머리카락이 풍기는 냄새는 형용하기 어려웠다. 톡 쏘는 암모니아의 지린내와 묵은 발냄새, 위장이 안 좋은 사람의 구취, 보리를 잔뜩 먹고 뀌는 방귀의 구린내, 시큼하게 발효된 토사물 냄새 등이 뒤섞여 강렬한 체취를 뿜어냈다. 머리가 깨지고 얼굴이 찢어진 피투성이 몰골로 거리를 헤매 행인들을 아연실색하게 만들었고 때론 시체처럼 길바닥에 쓰러져 있기도 했으며 깡통을 하나 갖다놓고 오체투지의 자세로 온종일 엎드려 있기도 했다.

"내가 여기 처음 왔을 때 제일 황당했던 일이 뭐였냐면."

달팽이 점액질 추출물이 함유된 스킨, 로션, 재생크림 세트를 구매한 중국 손님의 계산이 끝나고 나서 장주임이 말을 이었다.

"욕쟁이할매였어."

매장에 첫 출근한 지 일주일이 되었을 때 60대 초반의 한국 여성이 들어오더란다. 코스메로드에선 좀처럼 드문 손님이었다. 우선 한국 손님의 비율이 상대적으로 낮았고 중저가 로드숍 특성상 40대 이상의 나이대도 흔치 않았다. 일주일 만에 흐름을 간파한 장주임은 이 독특한 손님을 주시한다. 마침 점장이 자리를 비운 터라 자신이 카운터에 있었다고 했다. 이 손님은 상품의 매대가 아닌 계산대로 바로 왔다.

"전화를 빌려달라더라고요."

"전화?"

"네, 매장의 전화."

물론 전화가 있었지만 이상한 기운을 감지한 주임은 매장에는 전화가 없다고 대답했다. 그러자 그 손님은 주임에게 휴대전화를 빌려달라고 말했다. 주임은 휴대전화가 2층에 있다고 말했다. 그 순간 그 손님은.

"눈빛이 변했어요."

"어떻게?"

내가 물었다.

"뭐라고 할까, 미친 사람의 광채 같은 게 눈에 확 돌더라고요."

그때부터 시작이었다. 광기가 번득이는 눈빛으로 할머니가 속사포로 욕을 던진 것은.

"랩을 하는 줄 알았다니까."

정말이지 입에 착착 감기는 차진 욕을 5분가량 끝도

없이 내뱉었다. 살면서 처음 들어보는 욕들이었다. 장주임은 한국 욕의 다양성을 그때 처음 알았다고 했다. 다채롭고도 창의적인 세계였다. 멍하니 듣고 있으니 먼저 지친 쪽은 발화자였다. 한바탕 후련하게 내뿜은 할머니는 뒤도 안 돌아보고 쌩하고 나가버렸다.

"살면서 그렇게 허망했던 적은 처음이었어."

'허망'이라는 꽤 적확한 단어를 구사하다니. 제법인데. 장주임이 다시 보였다. 20대 중반을 갓 넘은 앳된 얼굴에 160cm 후반의 키와 호리호리한 몸매지만 자녀가 둘인 어엿한 가장이었다. 그리고 이 매장의 유일한 남자 직원이기도 하다.

"알고 보니 그 할매도 이 동네에서 유명하더라고."

공중전화 부스만 보면 들어가서 수화기를 잡고 누군가를 향해 욕을 있는 대로 퍼붓는다고 했다. 물론, 동전이나 카드도 넣지 않은 빈 전화였다. 발화자는 있되 수신자는 없는 상황이었다. 누구에게 그렇게 화가 나 있는 걸까. 어찌 됐든 점점 공중전화는 없어지는 추세인데. 욕쟁이할매를 위해 하나쯤은 남겨뒀으면 싶었다.

"곱게 미치는 게 중요해."

춘옥은 매장 밖에서 제이를 뚫어져라 바라보며 실실 쪼개고 있는 멍순씨를 보며 말했다. 세분하자면 멍순씨는 자폐에 가까웠고 키티할머니는 치매, 야타맨은 지적장애, 욕쟁이할매는 그냥 미친 게 분명했다. 공통점은 모두 정신이 아픈 사람들이라는 점이다.

세상의 모든 정신이 아픈 사람들은 코스메로드로 모이는 것 같다. 세상이라고 글로벌적으로 확대한 것은 지금 매장에 있는 저 여자 때문이다. 의심의 여지 없이 백인이 분명한 저 여자 손님. 서양인이 오면 직원들은 다들 내 몫이라고 여기고 슬슬 빠진다. 어쩔 수 없이 나는 백인 손님에게 다가간다.

"오늘도 왔군요."

최대한 미소를 지으며 말했다. 어제와 같은 옷차림이다. 지중해성 기후의 나라에서 왔다더니 정말 추운지 털모자에 목도리까지 꽁꽁 싸맸다.

"나는 이 향수를 원해요."

어제와 같은 안나 수이의 돌리 걸을 가리키며 여자가 말했다. 발음이 독특한 영어였다.

"삼만오천 원입니다."

"도매가로 사기를 원해요."

"몇 개를 살 건가요?"

"한 개를 원해요."

"도매가는 열 개 이상부터 적용됩니다."

"나는 당신의 보스와 이야기하기를 원해요."

"보스는 지금 자리에 없습니다."

"보스와 통화하기를 원해요."

"보스는 지금 통화할 수 없습니다."

여기까지가 어제 했던 대화의 반복이다. 오늘도 토씨 하나 다르지 않고 똑같았다. 그리고 보스와 통화하기를 원한다는 말을 계속 반복하며 향수 코너 앞을 떠나지 않았다. 도매가의 적용률을 한참 설명하다가 어느 순간 그만두었다. 손님의 흰자가 유독 하얗게 번들거렸다. 춘옥이 말한 광인들의 눈빛이 여자의 눈에 스치는 것을 본 것 같았다. 나는 여자의 얼굴을 가만 바라보았다. 한국까지 어떻게 온 걸까. 어떤 이유로 오게 된 걸까. 어쩌다가 '원한다'는 말만 반복하게 된 걸까.

결정적으로 코스메로드에는 왜 이렇게 아픈 사람들이 많은 걸까. 근무일지에 '이곳은 아프고 배고픈 사람들로 넘칩니다. 세계적으로 다 모여드는 추세입니다'를 써넣어야 할 것 같았다.

"여기가 젖과 꿀이 흐르는 땅이다."

개사장님이 건너편에서 큰 소리로 말했다. 손님이 나간 후 문 앞에 나와 서 있던 참이었다.

"네?"

"배고픈 사람들한테는 여가 천국이지."

개사장님이 눈짓으로 어딘가를 가리켰다. 저녁을 먹고 돌아오는 승임씨가 보였다. 승임씨는 누군가 반쯤 먹다가 버린 투명 플라스틱 컵에 든 음료수를 바닥에서 줍고 있었다. 그러곤 근처의 공중전화 부스 안에 두고 나왔다. 나와 눈이 마주치자 승임씨가 씩 웃었다.

"저기 두면 지나가는 노숙자들이 먹어."

승임씨는 진정한 거리의 천사였다. 그러고 보니 매장에서 시켜 먹고 매장 앞에 내놓은 신문지 덮인 쟁반들이 눈에 띄기 시작했다. 그것뿐인가. 길거리 음식이 많은 만큼 쓰레기통에 버려진 것들도 많았다. 다시 눈을 돌려보니 개사장님은 앙증맞은 신상 강아지 옷 정리에 한창이었다.

"오늘 회식입니다."

매장으로 내려왔더니 춘옥이 손뼉을 치며 말했다.

"무슨 회식이요?"

"사장님이 회식비 주셨어요. 소민씨도 올 거죠?"

내 질문에 춘옥이 바로 대답했다. 무슨 날인가? 대답을 못 하고 있는데 주임이 소리를 죽여 말했다.

"월 매출 5억 찍었어요."

이럴 수가. 그렇다면 가야지.

"물론 가야죠."

내 대답에 춘옥이 씨익 웃으며 돌아섰다. 오전조끼리의 조촐한 회식이라고 했다. 조촐한 것치고 근무 시간 내내 메뉴를 정하느라 시끄러웠다. 마라탕과 양꼬치, 삼겹살, 치맥 등이 후보로 올랐다. 빙빙은 마라탕을 강력하게 밀었고 춘옥은 치맥, 경란은 양꼬치였다.

"소민씨는 뭐 먹고 싶어요?"

경란이 물었다.

"저는 아무거나 다 괜찮아요."

다들 역시나 그럴 줄 알았다는 표정들이다. 그러자 주임에게 결정권을 넘겼다.

"양꼬치로 갑시다."

기다렸다는 듯 주임이 시원스레 말했다.

양꼬치가게는 명동8길과 4길 사이의 좁은 골목 2층에 있었다. 나 혼자라면 못 찾아갔을 곳이었다. 나보다도 명동 지리를 더 잘 아는 사람들과 양고기를 뜯기 위해 2층 계단을 올랐다. 먼저 자리에 앉은 춘옥이 중국어로 직원에게 주문했다. 주위를 둘러보니 여기도 직원들이 모두 조선족이거나 한족이다. 테이블에 고추기름을 얹은 자차이와 볶은땅콩, 양배추절임을 놓고 갔다.

"소민씨, 소주파예요, 맥주파예요?"

장주임이 물었다. 소맥을 좋아하지만 나는 그냥 맥주라고 대답했다.

"한국에 와서 웃겼던 것 중 하나는 술을 마실 때마다 주문을 하는 거였어요."

장주임이 웃으며 말했다.

"중국에서는 어떻게 하는데요?"

"각자 짝으로 시켜서 깔고 앉아 마시죠."

역시 스케일이 남다른 나라다. 내가 입을 쩍 벌리자 그 모습을 보고 다들 웃고 난리다. 손뼉을 치며 웃는 장주임은 복학한 대학생 정도로 보였다. 그런데 아이 둘의 가장이라니. 장주임은 조선족과 한족의 혼혈인이다. 하지만 한족인 아버지를 따라 자신은 한족이라고 주장했다.

"너, 친구는 조선족이 더 많다지 않았네?"

경란이 물을 따르며 물었다.

"연변에서 자라 그렇지 뭐."

주임이 자차이를 오독오독 씹으며 말했다. 한족 아버지와 조선족 어머니 사이에서 장주임은 다섯 살까지 말을 못 했다고 한다. 하나밖에 없는 자식을 농아로 낳았다고 생각한 주임의 어머니는 그때까지 냉가슴을 앓았다. 그러더니 여섯 살이 되던 해 어느 날 입도 벙긋하지 않던 아이가 목소리를 내기 시작했다. 드디어 옹알이를 했던 것이다.

"조선어와 중국어 중에 뭘 말해야 할지 모르겠더라고."

그때가 떠오른다는 듯이 장주임이 말했다. 그래서인지 그는 다른 한족에 비해 한국어는 잘했지만 발음은 유난히 외국인스러웠다. R 발음이 강한 혀 꼬부랑 발음에다 받침 있는 단어를 말할 때 힘을 주는 모양 때문에 더욱 외국인 티가 났다.

다들 시장했는지 볶은땅콩이 바닥을 드러낼 무렵 음식이 나왔다. 양꼬치가 나올 줄 알았는데 양갈비가 나왔다. 그 밖에도 가지볶음과 청경채 요리 등이 이어졌다.

"소민씨, 잡고 뜯으세요."

춘옥이 잘 익은 양갈비 하나를 내 손에 건네주며 말했다.

"고마워요."

양갈비는 생각보다 부드럽고 냄새도 나지 않았다. 양념도 적당히 짭짤했다. 하오와 유화랑 언제 한번 와야겠다는 생각이 들었다. 길치에 방향치인 내가 찾아올 수 있을까 싶긴 하지만.

"맛있네요. 이 집 잘하는 집인가 봐요."

"뭐, 먹을 만해요."

내 감탄에 춘옥이 한국에서 이 정도면 '그럭저럭 쏘쏘'라는 반응을 보였다.

"한국 맥주는 영 싱거워서."

장주임이 맥주를 마시며 아쉬워하는 표정을 지었다. 그렇다면.

"그래서 나온 게 소맥이죠."

나는 소주를 주문한 후 가방에 들어 있던 소맥 탕탕이를 꺼냈다. (유화와 치맥을 하러 갈 때 요긴하게 쓰이기 때문에 가방에 상비하고 다녔던 것이다. 누가 보면 알콜릭인 줄 알겠네.)

"온니, 이게 뭐예요?"

빙빙이 눈을 동그랗게 뜨며 물었다. 손에 앙증맞게 들어오는 노란색 스마일 모양의 도구는 얼핏 수류탄처럼 보였다.

"소맥을 적정 비율로 맛있게 말아주는 제조기야."

진기한 신문물을 본다는 듯 모든 직원의 눈이 내 손을 향했다. 나는 약간 부담스러웠지만 하오에게 배운 대로 제조에 들어갔다. 소주잔에 소주 반 잔을 따라놓은 다음 맥주잔에 붓고 맥주잔에 인쇄된 상표 밑 선까지 맥주를 채웠다. 그리고 딩딩이의 홈에 젓가락을 끼워서 맥주잔 바닥에 꽂은 후 방아쇠를 당겼다. 이내 하얀 거품이 맛

깔나게 일었고 직원들의 입에서 우와, 하고 환호가 터졌다.

"소민씨 알고 보니 선수였네요."

춘옥이 소맥을 받아 들며 감탄하듯 말했다.

"이 정도는 기본이죠."

나는 약간 으쓱해진 어깨로 한 잔씩 만들어 돌린 후 장주임에게는 다른 기법으로 만들어주었다. 소주잔 두 개를 서로 겹치게 놓은 후 겹친 선만큼 소주를 따라서 맥주잔에 부었다. 그리고 소주 한 잔 되는 분량의 맥주를 다시 맥주잔에 부으면 딱 한입에 털어넣는 양이 된다.

"끝맛에서 꿀맛이 난다고 해서 이걸 꿀주라고 하죠."

장주임은 한 모금에 마시고는 캬, 소리와 함께 엄지를 번쩍 들었다.

"정말 꿀맛 나네요. 소민씨 달리 보여요."

"맞아요, 소민씨답지 않아요."

경란이 웃으며 말했다.

"나다운 게 어떤 모습인데?"

내 질문에 다들 킥킥 웃다가 빙빙이 중국어로 답했다.

"슈따이즈. 이걸 한국어로 뭐라고 해요?"

빙빙이 춘옥을 보고 물었다. 춘옥은 한때 중국어 과외 선생을 한 적이 있다고 했다. 한국어를 가장 잘했다.

"책상물림."

"최썅물림?"

빙빙이 되물었다.

"책만 봐서 세상 물정 모른다는 거지."

춘옥의 대답에 나는 좀 무안해졌다. 얼굴이 달아오르는 게 느껴졌다. 하지만 술 때문이라고 생각하는 건지 다들 나의 안색은 개의치 않는 듯했다.

"실은 우리끼리 하는 내기가 있거든요."

춘옥이 말을 이었다. 경란이 주의를 주는 듯한 표정을 지었지만 춘옥은 술기운에 눈치를 못 챘다.

"한국인 점장이 새로 오면 얼마나 가는지 우리끼리 내기를 해요. 한 달, 두 달, 세 달. 소민씨는 점장은 아니지만 한국인 직원은 처음이거든요. 저는 두 달에 걸었어요. 너는 어디에 걸었지?"

춘옥이 경란을 보고 물었다. 경란은 이런 춘옥을 포기한 듯 '한 달'이라고 말했다.

"저도 한 달이요."

장주임이 말했고

"나는 두 달이요."

빙빙도 말했다. 석 달을 무사히 마친다고 말한 사람은 이 자리에 없는 미영이뿐이라고 했다. 만 원씩 걸었다고도 했다. 갑자기 술이 깼다. 약간의 모멸감이 간질간질하게 올라왔다. 손에 들린 탕탕이를 수류탄처럼 던지고 나가고 싶은 충동이 들었다.

"그런데 벌써 두 달이 지났잖아요. 미영이를 제외하고 우리 모두 틀렸어요. 우리가 잘못 본 거죠."

춘옥이 자신이 틀린 게 유쾌하다는 듯 말했다.

"소민씨가 말아주는 꿀소맥 계속 먹고 싶어요."

장주임이 진지한 표정으로 말하는 바람에 굳은 얼굴에서 웃음이 툭, 나왔다. 그러자 주임은 잔을 높이 들어 건배를 제의했다.

"소민씨의 무사 인턴 마침을 위하여!"

말이 이상했지만 그 내용은 충분히 전달됐다. 그들이 긋고 있는 선을 밟고 서서 나는 건너오지도 건너가지도 못한 채 엉거주춤 서 있었다. 그러자 춘옥이 선 안으로 내 등을 확 밀어버리는 듯 큰 소리로 말했다.

"미영이 돈 벌게 꼭 정직원 되세요, 소민씨!"

그 말을 기점으로 모두 잔을 들었다.

"위하여!"

"위하여!"

나도 내 무사함을 기원하며 그들과 잔을 부딪었다.

"위하여!"

"그런데 이번 달, 인센 누가 제일 많지?"

춘옥이 캬 소리를 내며 잔을 내려놓고 말했다. 모두 서로 눈치를 보며 말을 아꼈다.

"미영이가 없으니까 모르겠다 야."

경란이 가지볶음을 입으로 가져가며 말을 보탰다.

"이번 달은 이상하게 중국 손님도 별로 없었어. 하긴, 이상하기로 따지자면 한국 손님이 많은 게 제일 이상했지."

장주임의 말에 모두의 시선이 나를 향했다. 지난달을 시작으로 이번 달 내내 인센티브를 받았다. 그 정도로 한국 손님이 많았던 것이다. 이례적인 일이었으나 그 이유를 나는 알고 있었다.

"어쨌든 오전조보다는 오후조에서 점장이 나올 확률이 더 높지 않겠어?"

경란이 소맥을 원샷하고는 말했다. 그리고 내게 잔을 내밀었다. 잔을 받으며 나도 마음이 동했다. 한 명 한 명 얼굴을 살폈다. 점장이 될 관상이 있나 싶었지만 인센은 관상이 아닌 입담의 기술에서 비롯된다는 것을 모두가 알았다. 그리고 처음으로 승부욕이 일었다. 시험을 접은 이후 처음이었다.

DAILY NOTE

나는 때로 의문이 든다. 먹기에도 귀한 러시아산 철갑상어의 알로 만든 영양크림에 캐비아가 과연 얼마 들어 있을지. 알래스카 빙수로 만들었다는 보습크림에 어떻게 알래스카 빙수를 가져와 넣었는지. 달팽이 점액질 여과 추출물로 만들었다는 스네일 재생크림을 위해선 얼마나 많은 달팽이들이 필요한지. 발칸반도의 장미수가 함유되었다는 스킨, 마누카 꿀이 들었다는 립밤, 백년근 홍삼이 들었다는 에센스. 출시될 때마다 그 소재에 놀라고 깨알같이 적어놓은 그 성분 함량에 또 한 번 놀라게 된다. 이를 두고 장업계에서 공공연하게 하는 말은 '엔젤 더스트'. 천사가 뿌리는 가루다. 그만큼 아련하고도 희미하게 들어 있다는 말씀.

승임씨는 정말 날 수 있을까.

하늘을 날더라도 딱 45분씩만 날 거 같다.

인플루언서와 배덕자

일주일 후 점장 발표가 났다. 그동안의 인센티브 합계와 더불어 그 대망의 이름이 게시판에 붙어 있었다. 두구두구두구, 독자여, 과연 누구겠는가. 극의 3분의 2 지점, 주인공이 사지에 몰린 후 한 번쯤 승리감을 맛봐야 하는 시기. 그렇다. 바로 정소민, 나였다. 다들 눈이 휘둥그레져서 나를 쳐다봤다.

"축하해요, 소민씨. 아니, 이젠 점장님이라고 해야 하나?"

춘옥이 떨떠름한 표정으로 말했다.

"고마워요."

내 대답이 끝나기도 전에 다들 자기 자리로 돌아갔다. 나도 얼떨떨했다. 내가 정말 점장이 되는 것인가. 월 매출

1%의 주인공이 되는 건가. 온종일 미소가 절로 나왔다. 진상 손님조차 사랑스러워 보였다. 이게 다 버거 덕분이었다.

신기하게도 버거의 팬은 꾸준히 찾아왔다. 가끔 버거의 신상에 관해 물어오긴 했으나 '최초의 발견자들'처럼 집요하지는 않았다. 그렇다고 버거의 굿즈가 있는 것도 아니었는데 그저 팬심으로 구매한 후 내 얼굴에 도장을 찍는 식이었다. 덕분에 인센티브를 줄곧 받았고 사장이 웬일로 농담을 하기까지 했다.

"소민씨 오늘 화장이 잘 먹었네요. 너무 많이 먹으면 배탈 납니다."

소름 끼쳤지만 웃었다. 직장생활 근 3개월 만에 이런 상황에서는 웃어야 한다는 걸 직감적으로 느꼈다. 직원들의 얼굴도 굳는 게 보였다.

"온니, 저거 무슨 뜻이에요. 화장을 왜 먹어요?"

빙빙이 다가와 물었다.

"사장님이 농담하신 거야, 빙빙."

"무슨 농담을 저렇게 무서운 얼굴로 해요?"

고기도 먹어본 놈이 먹는다는 얘기를 해주고 싶었으나 그럼 설명에 설명을 더해야 할 것 같아서 단념했다. 그때, 하이톤의 목소리가 문을 열고 들어왔다.

"여러분, 안녕하세요오."

영업부 박빛이대리였다. 직원들은 그녀의 옷차림부터 훑기에 바빴다. 오늘은 또 어떤 패션쇼를 하러 오셨나. 그레이블루색의 벨트 원피스를 입었는데 어깨엔 검은색 모직코트를 걸친 채였다. 오늘 영하라던데 왜 안 입고 걸치고 저러는 걸까. 머리에 러시아 털모자만 눌러쓰면 딱 은하철도 999에 나오는 메텔이었다.

"소민씨, 요즘 인플루언서던데요. 사인 받아야겠어요."

박대리가 눈을 찡긋거리며 말했다. 콧물이나 닦으시죠, 라고 말하고 싶었으나

"별말씀을요."

하고 웃고 말았다. 그러곤 사장님이 기다린다며 2층으로 유인했다. 직원들 앞에서 쓸데없는 얘기를 크게 할 것만 같아 신경이 쓰였다.

"빅뉴스가 있어요, 소민씨."

2층으로 올라가며 박대리가 은밀하게 말했다.

"뭔데요?"

"그보다, 소민씨. 제 공이 큰 거 아시죠?"

"네?"

"어떤 사람이 본사로 전화해서 그 동영상 모델, 페이

스페이스 직원이냐고 물었을 때요. 제가 딱 알아봤잖아요, 소민씨. 그래서 본사는 아니고 지점 직원이라고 제가 얘기해준 거예요."

아, 그랬구나. 박대리가 알아본 거였구나. 그제야 미스터리가 풀렸다.

"그런데 버거는 어떻게 아는 사이에요?"

"사촌오빠예요."

"사촌오빠요? 좋겠다. 실물은 잘생겼나요? 혹시 게이는 아니죠?"

진상 손님들보다 더하면 더했지 덜하지 않았다.

"그런데 제가 신상에 관해서 함구하라는 부탁을 받아서요."

나는 미안해하는 표정을 지으며 말했다.

"아, 그래요?"

박대리의 얼굴에서 아쉬움과 민망해하는 표정이 겉돌았다. 그래도 언제 기회가 되면 소개해달라는 말을 남기고 사장실 문을 두드리곤 이 정도면 예의 차렸지 싶게 2초 후 바로 문을 열었다.

"같이 들어가세요, 소민씨. 빅뉴스 들으셔야죠."

박대리가 고개로 사장실을 가리키며 말했다. 얼떨결에 들어가니 사장은 여느 때처럼 신문을 읽고 있었다. 신문이 아니면 실용서를 그도 아니면 매장을 비추고 있는 모니터를 주로 보는 게 일이었다.

"김사장님, 별일 없으시죠?"

"오셨어요, 박대리님."

사장은 일어나는 척도 안 하고 앉아서 인사를 했다. 박대리는 사장의 맞은편 의자에 앉고 나는 그 옆의 간이 의자에 꿔다놓은 보릿자루처럼 앉았다.

"자, 빅뉴스를 발표하겠습니다."

박대리는 뜸을 들였고 김사장은 무심한 척 그런 박대리를 쳐다보았다.

"본사에서 그 동영상이 히트 쳤거든요. 특히 회장님이 좋게 보신 모양이에요."

본사에서? 아마도 '최초의 발견자들'의 전화로 인해 알려진 모양이었다. 그런데 회장님까지? 가슴이 두근거렸다.

"무슨 동영상이요?"

사장이 영문을 모르겠다는 표정으로 물었다.

"김사장님 인스타 안 하세요?"

박대리가 뭐 이런 촌놈이 다 있나 하는 표정을 숨기지 않고 말했다.

"계정은 있는데……."

"버거는 아세요?"

"버거? 무슨 버거요?"

"이거 세대 차인가요. 요즘 핫한 드래그퀸, 버거 말이에요."

"드래그퀸?"

약간 주눅이 든 표정으로 사장이 되물었다. 신문이나 실용서에는 드래그퀸이 나오지 않는 모양이었다.

"아, 나중에 찾아보시고요. 아무튼 우리 페이스페이스 제품만 써서 버거랑 메이크업 동영상을 찍었거든요. 이걸 보고 회장님이 몇억짜리 모델 쓰는 거보다 더 낫다고 극찬하셨어요. 덕분에 마케팅팀이 깨갱 했지만요."

사장 눈에 들 생각을 했지 본사까지는 생각도 못 했는데 오히려 사장은 모르고 회장 눈에 들게 되다니 어리둥절했다.

"그래서 명동 1호점에 이번 크리스마스 프로모션, 샘플 모두 본사 부담으로 밀어주기로 했답니다."

이건 내가 좋은 건 아니지만 사장의 벌어진 입을 보며 어쨌든 다행이라는 생각이 들었다. 비록 버거도 드래그퀸도 모르는 사장이었지만 공짜는 알 테니.

"그리고 소민씨는 본사로 들라십니다. 회장님이 만나고 싶어 하세요."

"저를요?"

"감사 인사를 전하고 싶으신가 봐요."

이건 정말 빅뉴스였다.

"버거오빠랑 같이는 어려우세요? 같이 가면 좋은데."

하오에게도 빅뉴스겠지. 빨리 집에 가고 싶었다.

"버거는 힘들 거예요. 얼굴 밝히는 걸 극도로 싫어하거든요."

나는 어쩌다 버거의 대변인이 되어 있었다. 내일 본사에 들어가기로 하고 일어서려는데 박대리가 내 손을 잡아당기는 바람에 몸이 그쪽으로 쏠렸다. 그러자 박대리가 내 귀에 대고 속삭였다.

"혹시 트랜스젠더는 아니죠?"

퇴근하면서 맥주를 사갔다. 이런 날은 축배를 들어야 한다. 유화도 불렀다. 하오는 놀라는 한편 기뻐했다. 인정받았다는 느낌과 내가 직장에서 이제 안정권에 들게 되었다는 사실이 기쁜 듯했다.

"죽으라는 법은 없나 보다. 정소민이 점장이라니. 사회생활은 제일 짧게 한 게 연봉은 우리 중에서 제일 높이."

유화가 한치를 잘게 찢으며 말했다.

"그러게 말이야. 인턴에서 잘릴 줄 알았더니만 용케 살아남았네."

하오가 소맥을 시원하게 들이켠 후 말했다.

"다 네 덕이지. 너 아니었으면 점장은커녕 정직원도 못 됐을 거야."

나는 겸손하게 말을 받았다.

"아이디어는 다 네가 냈잖아. 얼굴도 네 얼굴 가져다 쓴 거고."

하오가 기특하다는 듯 그윽한 눈빛으로 나를 바라봤다.

"그나저나 너, 이런저런 화장도 다 해보고 좋겠다. 여자가 콘셉트 화장을 해보는 건 결혼할 때뿐이잖아."

유화가 한치를 뜯으며 말했다. 진심으로 부러워하는 거 같았다. 역시나 노메이크업의 창백한 얼굴로.

"너 신념하고 상충된 발언을 한다?"

"그건 그거고 이건 이거고."

갈팡질팡. 본인도 자신의 마음을 잘 모르는 것 같았다.

"그나저나 뭐 주려고 부르는 걸까? 감사패 같은 거 주려나?"

하오가 소맥을 만들어서 각자 한 잔씩 주면서 말했다.

"점장에 감사패에, 너 복 터졌다."

유화가 말했다.

"감사패는 됐고 난 물질적인 걸 원해. 너희도 알다시피 난 속물적 인간이잖아."

"속물은 아무나 되냐."

하오가 한 모금 꿀꺽 마신 후 말했다.

"얘들이 하나만 알고 둘을 몰라. 어찌 한 치 앞만 보면서 사냐."

"뭔 소리야?"

"황금알 낳는 오리의 배를 가르는 소리지 뭐야. 지금 당장 보너스랑 감사패가 중요한 게 아니라 좀 더 장기적인 거, 응? 좀 더 지속적인 거, 응? 이런 거를 원해야지 이것들아."

유화가 답답하다는 듯 우리를 꾸짖었다.

"그러니까 그게 뭐냐고?"

내가 땅콩 껍데기를 까며 물었다.

"예를 들면 본사 정규직으로 스카우트되는 거?"

유화가 눈을 내리깔며 말했다.

"오, 대박."

하오와 나는 눈을 마주치며 동시에 소리쳤다.

"역시 너의 제이큐란! 끝내준다."

"제이큐가 뭐야?"

하오가 내게 물었다. 하, 이런 제이큐 없는 놈.

"뭐긴 뭐야, 잔머리 지수지. 원래 사회생활은 아이큐보다 제이큐 높은 사람이 잘하는 거야."

유화는 피아노 치는 것보다 환전소에서 각국의 화폐를 만지는 게 더 재밌다고 했다. 나 전공을 잘못 택했나 봐. 제2의 전공을 발견한 것 같다며.

"그런데 박대리가 자꾸 버거는 같이 안 오느냐고 물어봐서 난처했어. 마치 회장님이 나보다 버거를 더 보고 싶어 하는 거처럼 말하잖아."

"아, 그 비치대리?"

유화가 혀를 말며 말했다.

"관심이 많더라고. 버거한테."

"다들 그렇겠지. 그런데 너, 이제 본사 들어갔다 나오면 매장에도 다 알려질 텐데. 뭐라고 할래?"

"우선은 사촌오빠라고 둘러대긴 했지만."

"그리고 동거는, 밝혀지면 어쩔래? 꼬리가 길면 밟힌다."

"동거라고 하니까 이상하잖아. 그냥 하우스메이트라고 해줄래?"

"그게 그거지 뭐."

압박감이 들긴 했다. 홍매라는 야간에 새로 온 직원 집이 이 근처라고 들었다. 빙빙은 내게 혼자 사느냐고 물었고 우리 집에 놀러 오고 싶다고도 말했다. 직원들은 쉬는 날이면 서로 집에 놀러 가기도 하고 그러는 모양이었다. 하지만 집에 초대할 일도 없고 그다지 친하지도 않은데. 그런 건 상관없었다.

"서로 시간대가 다른데 뭐. 집만 공유하는 거뿐이잖아. 그리고 내가 생일이 한 달 더 빠르니까 오빠는 맞지."

하오가 얄밉게 웃으며 말했다.

"맞고 싶지?"

내가 웃으며 말했다.

본사는 강남역에 있었다. 왜 본사들은 모두 땅값이 비싼 곳에 있는지 갑자기 궁금해졌다. 그러면 신뢰감이 더 있어 보이나. 어쨌든 복잡하고 사람 많은 곳이라는 점에서는 명동과 다를 바 없지만 건물들이 훨씬 높았다. 페이스페이스 본사는 5층 높이의 갈색 건물을 통으로 쓰고 있었다. 1층에 들어서자 사방이 반들반들한 흰색 타일로 발라져서 화사하면서도 목욕탕 같은 느낌이 들었다. 군데군데 화장품을 든 모델들의 포스터가 붙어 있었고 무엇보다 사방에서 좋은 냄새가 났다. 정문의 맞은편 데스크 직원이 미소를 지으며 나를 쳐다보았다.

"어떻게 오셨습니까?"

"회장님을 뵈러 왔는데요."

"성함이 어떻게 되시죠?"

"정소민입니다."

"5층으로 올라가십시오."

친절하지만 사무적인 미소로 여자 직원은 대각선 앞에 있는 엘리베이터를 가리켰다. 엘리베이터에 타자 이번엔 사방이 금색이었다. 중국 재벌의 휘황찬란한 느낌은 아니었고 국산 맥주의 산뜻한 보릿빛 같았다.

"소민씨 어서 오세요."

5층에 내리니 박대리가 기다리고 있었다. 본사에서 보는 모습은 좀 달랐다. 좀 더 차분하고 사무직다웠다. 오늘은 나도 나름 차려입는다고 매일 입는 패딩 점퍼가 아닌 유화에게 빌린 모직코트를 입었다. 그랬더니 추워서 콧물이 났다.

"회장님이 기다리세요."

박대리가 아무 팻말이 없는 문을 열며 말했다. 문을 열자 책상 하나가 덜렁 있는 작은 공간이 나왔다. 비서인 듯한 여자 직원과 박대리가 눈인사를 나누고 문을 하나 더 열었다. 이곳이 회장실이었다.

"여어, 어서 오세요."

60대 초반의 남성이 의자에서 일어났다. 배회장님의 얼굴을 보고 나는 문 앞에서 멈칫했다. 개사장님이 앉아 있는 줄 알았다. 앗! 개사장님 여기 웬일이세요? 하고 물을 뻔했다. 쌍둥이처럼 닮았다. 2 대 8 가르마에 이마는 황비홍처럼 넓고 안검하수 쌍꺼풀 한 것까지 똑같았다. 다른 점이 있다면 개사장님에 비해 얼굴에 좀처럼 주름 없이 팽팽하다는 것이었다. 저 나이쯤 되면 검버섯도 나고 그러는데 점은커녕 뾰루지 하나 없이 피부도 깨끗했다. 역시 장업계의 회장다웠다.

"안녕하세요."

나의 공손한 인사에 회장은 만면에 미소를 띠며 소파로 안내했다.

"박대리에게 말씀 많이 들었습니다. 실물이 훨씬 미인이시네요."

그럴 리가요, 라고 말할 뻔했다.

"감사합니다."

나도 미소로 화답했다. 비서가 묻지도 않고 차를 가져왔다. 본차이나스러운 찻잔에 담긴 둥굴레차였다.

"입사한 지 3개월 됐다고요?"

"네, 이제 막 점장이 됐습니다."

"오, 명동 1호점 점장이라면 책임감이 큰 자리일 텐데 어디, 일은 할 만합니까?"

"네, 열심히 배우고 있습니다."

"명동이 특수 상권이라 힘들 겁니다. 그래도 1호점은 우리 브랜드의 가장 상징적인 곳이니까 힘내주세요."

버거에 대해 자세히 물으면 어쩌나 걱정했던 것은 기우였다. 의외로 버거에 대해서는 묻지 않았다. 이 일을 하기 전에는 뭐를 했는지 시험은 왜 그만뒀는지 오히려 나의 신상에 대해 꼬치꼬치 묻다가 비서가 들어와 다음 스케줄을 언급하자 자리에서 일어났다. 박대리의 배웅을 받으며 본사에서 나왔다. 박대리는 조만간 다시 보자며 내 어깨를 두드렸다. 칫, 상여급이라든가 하다못해 영양크림 세트라도 받을 줄 알았는데 그냥 감사의 말뿐이었다. 회장은 정말 '감사 인사'를 하기 위해 나를 부른 것이다. 그런 거라면 그냥 전화로 할 것이지. 어제저녁, 하오와 유화랑 함께 잔뜩 기대했던 게 떠올랐다. 헛웃음이 나왔다.

본사에서 나오자마자 지하철을 타고 명동에서 내렸다. 매장에 막 들어서는데 이상한 공기가 감지됐다. 이건 여중 여고를 나온 사람이라면 어렴풋이 알 수 있는 냄새였다. 이른바 '왕따'의 냄새. 우선 아무도 내게 인사를 하지 않았다. 거기까진 그러려니 했다. 오전엔 청소도 하고 매장 진열도 해야 하고 샘플도 서랍에 채워놔야 하고 바쁘니까. 그런데 그 후로도 아무도 내게 말을 걸지 않았다. 특히 빙빙은 나를 거의 투명인간 취급했다. 당황스러웠다. 아니 무슨 학교도 아니고 각자 돈 받고 다니는 직장에서 이게 무슨 짓이람.

"빙빙, 왜 그래? 나한테 뭐 화난 거 있어?"

내가 황당하다는 듯이 어깨를 짚으며 묻자 빙빙이 돌아보았다. 이렇게 굳은 얼굴의 빙빙을 본 적이 없었다. 많이 먹어서 체했을 때를 제외하곤 항상 생글생글 웃는 얼굴이었는데. 그 소시오패스 같은 사장도 빙빙의 웃는 낯에는 표정이 부드러워지곤 했다.

"언니."

빙빙이 나를 보는 눈빛에 가슴이 툭 내려앉았다. 굉장히 혐오스럽고 경멸스럽다는, 거기에 분노까지 담은 눈빛이었다. 잘못이 없는 사람도 기가 죽을 것 같은 매서운 표정으로 나를 또렷하게 언니라고 불렀다.

"집에서 누구랑 살아요?"

가슴이 한 번 더 툭 떨어졌다.

"그, 그건 왜?"

목소리가 삼켜서 잘 안 나왔다.

"어제 홍매가 집에 가는 길에 봤다는데?"

"뭘?"

"하오오빠랑 같이 들어가는 거."

어제 하오의 호텔에 들러 퇴근을 같이 했는데 그걸 홍매가 본 모양이었다. 어째 유화의 말은 빗나가는 일이 없다.

"놀러 온 거야. 다른 친구도 같이 있었어."

내가 왜 이런 변명을 애한테 해야 하나 싶은 생각이 잠시 스쳤지만 빙빙의 눈빛이 서슬이 퍼렜다. 마치 바람난 남편의 내연녀를 찾아와 따지는 본처 같달까. 빙빙이 피식 한쪽 입가를 올리며 눈을 왼쪽 위로 한 번 치켜떴다. 가소롭다는 저 표정은 만국 공통인 것 같다. 순간, 나도 기분이 나빠졌다. 요거 봐라, 어린 게 아주.

"나올 때도 같이 나오던데요."

말문이 막혔다. 이제 가슴은 끈 잘린 엘리베이터처럼 속절없이 아래로 치달았다. 예상 밖의 전개에 놀랐고 그걸 어떻게 안 거지 문 앞에서 밤을 새운 것도 아닐 텐데 싶은 마음에 소름이 끼쳤다.

"부랄친구, 동거해요?"

"빙빙, 그게 아니라……"

"둘이 애인 해요?"

"아니야, 그건. 사정이 그렇게 돼서 같이 사는 건 맞지만……"

"나 정말 언니한테 배덕감 느껴요."

배신감이라고 정정해주고 싶었지만 그럴 분위기가 아니었다. 빙빙은 평상시에도 이상한 문어체 단어와 사자성어를 자주 썼는데 그렇게 실생활에서 써야 잘 외워진다고 했다. 역시 외국어 공부는 현지에 가서 직접 부딪혀가며 익히는 게 제일이라더니. 이런 생각을 할 때가 아니다. 빙빙의 눈가에 눈물이 고이더니 똑 하고 떨어졌다.

"소개받았다는 것도 다 거짓말이죠."

"빙빙, 미안해. 속일 생각은 아니었어."

빙빙이 휙 하고 밖으로 나갔다. 황망한 마음에 손을 뻗어보았지만 빙빙이 이미 인파 속에 파묻혀 보이지 않았다. 이놈의 동네는 오전에도 이렇게 사람이 많다.

뒤를 돌아보니 춘옥과 경란이 자기들끼리 중국어로 나를 보며 대화를 나누고 있었다. 중국어는 모르지만 나를 보는 눈빛에서 내 흉을 보고 있다는 것만은 여실히 느낄 수 있었다.

"한국어로 해요."

사람을 앞에 두고 자기들만의 언어로 그 사람을 얘기하는 것만큼 모멸감을 느끼는 일도 없다.

"중국 속담에 이런 말이 있어요. 웃음 속에 칼을 감추고 있다."

"네?"

"샤오 미앤 후! 니 타이 지아 러. 의뭉스럽다? 가식적이다? 아무튼 뒤로 호박씨 깐다고요."

그런데 그걸 한국어로 직역해서 듣는 것도 만만치 않게 모멸적이었다.

"버거는 어떻게 아는 사이예요? 나한테는 모른다고 했잖아요."

춘옥이 따지듯 물었다. 하. 이런 날이 올 줄 알았지.

"그게 말하자면 복잡한데…… 본인이 모른 척해달라고 했어요."

"왜요?"

"신분이 드러나는 걸 꺼려 해서요."

"그런데 본사 가서는 왜 밝혔어요? 우리한테는 속이고 본사 가서는 사촌오빠라고 말했다면서요."

도대체가 이 동네의 소문은 빛보다 빠르다.

"그건……"

"타지 나와 산다고 사람 무시하지 말아요. 그쪽도 딱히 잘난 거 없으니까."

춘옥이 벼린 혀로 가슴을 마구 헤집었다. 아침부터 불시에 당하는 공격에 정신이 혼미해졌다. 선 안으로 들어왔다고 생각했는데 다시 내쳐진 기분이었다. 앞으로 적들로 둘러싸인 이 적장에서 어떻게 버텨야 하나 눈앞이 아득해졌다. 변명은 더 큰 오해를 불러올 뿐이다. 나는 아무 말 없이 내 자리로 갔다. 빙빙이 들어와 자신의 화장품 파우치를 들고 2층으로 올라갔다. 나는 오늘의 매출에만 신경 쓰기로 했다. 점장이 된 후 달라진 게 있다면 전에는 내 인센티브와 매출만 중요했지만 이제는 하루의 총매출에 신경을 써야 했다. 매출이 저조한 날이면 내 카드라도 긁어서 채워야 한다. 그래서 월급을 많이 주는가 보았다.

오후가 되어도 상황은 마찬가지였다. 오전조가 오후조에게 말을 옮겼고 경멸의 눈빛도 옮았다. 차라리 사장의 매출 쪼는 잔소리가 반가울 지경이었다. 가끔 손님이 없을 때엔 밖에 나가 개사장님하고 얘기하기도 했다. 새로 나온 강아지 옷 구경을 하거나 날씨에 대한 시시한 대화뿐이었지만. 전기방석에 두꺼운 담요를 두르고 입김을 내뿜는 사장님의 얼굴을 보고 있노라면 페이스페이스 회장님과 얘기하는 기시감이 들기도 했다. 도플갱어인가. 이름만 다를 뿐 같은 사람 같았다.

그걸 제외하고 나는 밥도 혼자 먹고 온종일 손님하고만 대화를 했다.

어서 오세요.

8천 원입니다.

안녕히 가세요.

이것도 대화라면.

세계적으로 상비약처럼 쓰이는 바셀린은 스물두 살의 젊은 화학자, 로버트 체스브로에 의해 발견되었다. 1859년 펜실베니아에서 석유가 발견되었다는 소식을 들은 체스브로는 석유 추출물에 관한 연구를 위해 곧장 펜실베니아로 달려갔다. 연구를 하던 중, 그는 유전에서 일하는 작업자들이 파이프에 남아 있는 투명하고 끈적한 물질을 가벼운 상처나 피부의 찰과상에 바르는 특이한 장면을 보았다. 로드 왁스라 불리던 그 물질은 상처를 치유하는 것은 물론이고 피를 멈추게 하는 데 매우 탁월한 효과가 있었던 것이다. 체스브로는 이 특이한 물질을 자신의 연구실로 가져왔다.

그로부터 6년이 흘러 그는 로드 왁스에서 페트롤리움 젤리를 추출하는 데 성공했다. 그는 페트롤리움 젤리를 계속해서 만들었고, 연구실에 있던 비커가 다 차게 되자 집 안에 있던 꽃병(vase)에 젤리를 담아두기 시작했다. 그리고 그 당시 유행하던 의학 용어인 line을 합쳐 Vaseline Petroleum Jelly라는 상표를 만들어 출시한다. 현재 바셀린은 88개국에서 직접 제작되어 150여 개 국에서 판매되고 있다.

체스브로가 꽃병이 아닌 휴지통에 담았다면, 혹은 주전자에 담았다면 바셀린의 이름은 어떻게 바뀌었을까.

상처를 치유하는 성질은 그대로였겠지만.

보디

포이즌

"오늘 비치대리 오는 날이죠?"

빙빙이 춘옥에게 물었다. 특유의 꼬는 발음 때문에 이름이 더욱 음란하게 들렸다. 재밌는지 빙빙은 비치 비치를 연속해서 말했다. 그러다 정작 본인이 들어서자 모르는 척 입을 닫았다.

"안녕하세요?"

170이 넘는 훤칠한 신장에 늘씬한 몸매 그리고 그에 걸맞은 정장을 멋지게 차려입은 박빛이대리가 하이톤으로 인사를 하며 입장했다. 오늘은 와인색 꽃무늬가 잔잔하게 들어간 검은색 실크 블라우스에 군청색 펜슬라인 스커트를 입어서 긴 다리를 더욱 강조했다. 깡말라서 모델 포스다. 그리고 늘 그렇듯 킬힐을 신었다. 영업부가 어떻게 저렇지 싶을 정도로 높은 힐을 신고도 잘만 다녔다. 한국 성인 남성의 표준 키보다 더 커져서 그런지 박대리는 늘 사람을 내려다보듯 보는 버릇이 있었다. 오늘은 또 어떤 프로모션으로 우릴 괴롭힐지 목소리가 한 옥타브 더 높아진 것 같았다.

"점장님, 내일 팩 들어올 거예요."

"무슨 팩인데요."

"독 팩!"

박대리가 의미심장한 미소를 지으며 말했다. 또, 독이야.

"이번엔 무슨 독인데요."

"전갈 독이에요."

"전갈……."

어쩐지 느낌이 안 좋다. 지난달 복어 독 마스크팩도 간신히 다 팔았는데 이번엔 전갈이라니. 어쩌자고 저런 걸 만드는 걸까. 장업계에 들어서며 알게 된 사실은 세상의 모든 것이 화장품의 원료가 된다는 것이다. 먹지 말고 피부에 양보하라는 카피는 그래서 설득력이 있다. 특히 독성분은 아주 유용한 재료다. 거의 스테디셀러랄까. 하지만 같은 독이어도 봉독은 잘나가는 데 반해 뱀독이나 복어 독은 안 팔렸다. 효능을 떠나 이미지도 무시할 수 없는 것이다. 그런데 전갈 독이라니. 이러다 조만간 똥독으로 만든 제품도 출시될지 모른다. 농담이 아니다. 이보다 더한 것도 예뻐진다고만 하면 먹거나 바를 만반의 준비가 되어 있는 자들을 나는 매일 만나고 있다.

최근엔 콜라겐이 주름 방지에 좋다고 하니 돼지 껍데기 마스크팩도 나왔다. 어떤 여자가 돼지 껍데기를 믹서에 갈아 팩을 하는 장면이 방송을 탄 후였다. 나도 그 프로그램을 본 적이 있다. 하얀 피부에 호리호리한 몸피, 포니테일 스타일로 묶은 긴 생머리가 청순하고 단아해 보이는 여자가 김치냉장고를 연다. 반투명 밀폐 용기를 꺼내 뚜껑을 열자 돼지 껍데기 십여 장이 각 맞추어 차곡차곡 쌓여 있다. 한 장을 조심스레 꺼내서 믹서에 넣고 간다. 눈 깜짝할 사이에 점성이 있는 갈색 액체로 변했다. 여자는 이 끈적한 액체를 얼굴에 잘 펴 바른다. 그때, 극적으로 고등학생 아들이 등장한다. 모자는 남매라 해도 믿을 정도의 비주얼이다. 시청자에게 이렇게 충격을 안겨주고 자막엔 이런 문구를 넣는 것이다. 최강 동안 엄마의 돼지 마스크팩!

그 후부터였다. 화장품 브랜드마다 너 나 할 것 없이 돼지 껍데기 콜라겐 마스크팩을 만들기 시작한 것은. 이 제품은 의외로 중국인들에게 반응이 좋아 반짝 히트를 치기도 했다. 가만 보면 장업계의 역사는 몇 개의 주제를 가지고 반복된다. 링클케어, 화이트닝, 탄력, 보습, 모공 축소. 그리고 여기에 맞춰 몇 가지 키워드를 발견했다. 레티놀, 알부틴, 아데노신, 니아신아마이드, 히알루론산, 코엔자임Q10, 레스베라트롤, 이데베논 등등.

이제 소재를 끼워넣으면 된다. 예전엔 허브나 과일, 꿀 등의 식물에서 추출했다면 요즘은 좀 더 적극적이다. 중국인은 다리 네 개인 것 중 책상, 하늘을 나는 것 중에선 비행기만 제외하고는 다 먹는다고 하던데 화장품의 소재도 만만치 않다. 연구원들의 상상력은 인정해줘야 한다. 거미의 장까지 뒤져서 찾은 단백질 분해 효소로 필링 제품을 만들고 종달새 똥을 훔치기도 하며 제비집을 털기도 한다. 한때는 또 태반이 유행이었다. 소 태반, 돈 태반, 양 태반으로 재생크림을 만들기도 했는데 구제역을 치르고 난 후 소 태반이 금지되고 돈 태반을 꺼리면서 태반의 인기는 저물었다. 그러고 나서도 달팽이 점액, 마유, 병풀 추출물, 마데카소사이드 등이 한바탕 유행을 휩쓸었다. 그런데 또 전갈 독이라니.

"1호점 이번 주 매출이 왜 이래요? 이번 주 들어 엉망인 거 아시죠. 점장 되자마자 확 떨어지고 있네요. 사장님이 뭐라고 안 해요?"

이제는 본사 대리까지 나를 닦달한다.

"뭐라고 하죠."

"다른 매장 안 주는 프로모션까지 1호점 다 밀어주는 거 아시죠? 점장님 이러면 나 본사 들어가서 욕먹어요. 아무튼 전갈 프로모션 책임지고 팔아주세요."

내 성의 없는 대답에 나를 한심하다는 듯 쳐다본 후 끝내는 저 하고 싶은 말 다 하더니만 전갈 독을 잔뜩 밀어 놓고 가버렸다. 노련한 여자다. 챙겨주는 척하면서 안 나가는 제품은 다 갖고 와서 밀어넣었다. 이런 횡포는 업계의 관행이었다. 그래도 명동 1호점은 페이스페이스 매출의 가장 큰 부분을 차지하고 있기 때문에 본사 측에서도 눈치를 봤다. 안 나가는 재고를 이렇게 억지로 안겨주면 나중에 없어서 못 파는 제품은 어디서든 빼 와서 넣어주는 식으로 사장의 기분을 맞췄다.

"저 비치 비치 박비치."

들으란 듯이 문을 닫고 나가는 박대리를 향해 빙빙이 큰 소리로 말했다. 하지만 못 들은 건지 못 들은 척하는 건지 박대리는 킬힐을 또각또각거리며 쌩하니 가버렸다. 다리에 힘이 빠졌다. 직원들은 여전히 내게 거리를 두고 있다. 매출이 떨이진 이유는 나를 향한 일종의 보이콧이었다. 일부러 판매를 안 했다. 어부지리로 내가 점장이 된 것에 대한 불만과 버거와의 관계를 자신들에게 숨긴 것에 대한 배신감 그리고 하오와 같이 산다는 것에 대한 괘씸죄 등등 나야말로 비치가 되어 있었다. 나는 매일매일 적장에 홀로 나와 있는 기분이었다. 2층 휴게실로 올라와 컵라면을 하나 뜯었다. 아무래도 배가 든든해야 욕도 수월하게 먹힌다. 춘옥과 미영이 물건 정리 중이었다.

"느아 얼굴 좀 봐. 어뜬 거 같아?"

춘옥이가 스네일 크림을 내리다 말고 어금니를 꽉 깨물며 미영에게 물었다.

"없어요, 언니. 나는?"

이번엔 미영이 이를 앙다물고 춘옥에게 물어봤다.

"너는 원래 없었잖아. 티도 안 나. 나 배 봐봐. 배는 어때?"

이러면서 춘옥이가 유니폼 앞치마를 훌떡 까고 배를 보여줬다. 얼핏 본 두툼한 뱃살에 주사 자국이 점점이 보였다. 조용히 컵라면 하나 먹으려고 했더니 이를 악물고 배를 까고 난리다.

"점장님도 해요. 좀 있는 거 같은데."

자차이를 오독오독 씹고 있는 내 저작근을 보며 미영이 말했다. 춘옥은 나를 한번 힐끔 쳐다보더니 스네일크림을 들고 1층으로 내려가버렸다.

"유럽에서는 턱관절이 발달해서 각진 얼굴이 귀족적이라고 여긴대."

이렇게 말하니까 내 얼굴이 마치 네모인 것 같지만 나는 평범한 동양인의 동그란 얼굴형임을 밝혀둔다.

"한국에서는 안 그렇잖아요. 브이라인이 인기예요."

컵라면을 국물까지 다 마신 후 한결 느긋한 마음으로 미영이의 얼굴을 쳐다봤다. 얘는 평상시엔 말이 없다가도 미용 소재만 나오면 열을 낸다.

"세 번 맞으면 한 번은 공짜로 놔줘요."

알고 있다. 요즘 보톡스, 필러 붐이 일어서 매장의 거의 모든 직원이 쉬는 날마다 가서 맞고 왔다. 보톡스로 턱근육을 마비시키고 콧대와 이마에 필러를 넣어 평면적인 얼굴을 입체적으로 만들었다.

"난 주사라면 질색이라."

뜨거운 물이 담긴 머그에 커피믹스 한 봉을 털어넣으며 내가 말했다. 컵라면 다음으론 카제인이 듬뿍 들어 있는 인스턴트커피로 입가심을 해줘야 포만감이 배가된다.

"하나도 안 아파요. 원래는 물광주사도 맞을 거였는데."

지금은 임신 중이라 안타깝지만 참고 있다는 듯이 말했다. 스무 살 미영이는 잡티 하나 없는 흰 피부가 매력적이다. 그래서인지 백돼지 같은 느낌이 들기도 하는데 통통함과 뚱뚱함의 경계에 서 있는 몸매기 때문이다. 살이나 빼지 스무 살 피부에 무슨 주사?

"피부 깨끗한데 뭘 또 맞아?"

"거기 상담 선생님이 그러는데 피부에 수분을 넣어주는 주사래요. 촉촉해야 주름이 안 생긴다고."

병원 코디네이터에게 낚였다. 인간은 스물다섯 살이 넘으면 노화가 시작된다. 주름은 누구도 피할 수 없다. 그런데 너는 고작 스무 살이잖아. 하지만 돈 벌어 저런 낙도 있어야지 싶기도 했다가 그래도 저건 아니지 않나 싶기도 하고 생각이 오락가락했다.

"글쎄, 난 별로 관심 없어."

나는 일어나며 말했다.

"사람들한테 관심이 없는 거겠죠."

하지만 미영의 말이 나를 도로 끌어 앉혔다.

"뭐?"

"전에 물어본 적 있죠? 판매를 잘하려면 어떻게 해야 하는지?"

미영이 붓기가 덜 빠진 눈을 끔벅이며 말했다. 영업 기밀이라도 털어놓는 건가 싶어서 귀가 솔깃해졌다. 버거 신드롬이 한풀 꺾인 건지 내국인 손님의 구매율이 떨어지고 있었다.

“먼저 고객과 친해져야 해요. 친해지기 위해선 관심이 있어야 하고요. 처음 보는 사람과 사랑에 빠진다고 생각하면 돼요. 그럼 그 사람의 모든 게 좋아 보이잖아요. 그럼 그 사람도 저를 좋아하게 되죠. 서로에게 잘해주고 싶어지고요.”

“아…….”

딱히 특별한 노하우 같지 않으면서도 특별한 이야기 같았다. 얘는 도대체 스무 살짜리 애가 무슨 이런 현자 같은 말을 하냐. 나는 속으로 혀를 내둘렀다.

“그런 걸 언제 깨달은 거야? 대단하다.”

“점장님은 관심을 좀 더 가져야 해요.”

미영은 마치 나의 사수처럼 조언을 하곤 무거운 엉덩이를 자리에서 일으켰다. 미영이는 유일하게 내게 말을 걸어주는 직원이었다. 임신해서 자리를 비웠던 시기만 아니면 미영이 점장 후보 1순위였는데도 내가 점장이 된 것에 대해 다른 직원들과는 달리 아무런 이의가 없었다. 아무튼, 관심이라. 하지만 지금은 관심을 갖는 게 아니라 받아야 할 때였다. 나는 아무도 없는 2층에 혼자 앉아 있었다.

“그래서, 전갈 독은 좀 팔려?”

오랜만에 환전소 문을 일찍 닫은 유화가 나와 하오의 퇴근 시간에 맞춰 나왔다. 우리의 발길은 자연스레 치킨 가게로 향했다. 역시 퇴근 후엔 치맥이지. 수험생 때는 못 느껴본 직장인의 맛이다.

"인센티브를 걸긴 했는데 모르지 뭐."

"그럼 조만간 다 빠지겠네. 역시 인간을 가장 빠르게 움직이는 건 돈이라니까."

하오가 맥주잔에 소주를 부으며 말했다. 하오는 소맥을 잘 만든다.

"그렇지, 돈이 최고지."

자조 섞인 목소리로 유화가 말했다. 그러곤 하오가 만들어준 소맥을 원샷했다. 유화는 주량이 강하지만 주사 또한 막강하다. 하오와 눈이 마주쳤다. 얘 또, 오늘 무슨 일 있나 보네. 우리는 동시에 끄덕였다.

"가게에서 무슨 일 있었어?"

내가 넌지시 물었다.

"내가 정말 더럽고 치사해서!"

그러자 유화가 들고 있던 닭다리를 접시에 던지며 버럭 소리를 질렀다. 옆 테이블에서 힐끔 쳐다보았다. 내 이럴 줄 알았지. 오늘도 한 건 한 모양이다.

"무슨 일이야?"

"고깃집에서 고기 좀 굽는다고 누굴 자기 하녀로 보나. 나, 이래 봬도 음대 나온 여자야. 나 피아노 전공한 여자라고. 베토벤 피아노 협주곡 황제를 친 손가락이라고. 니들이 그 선율을 알아? 그 처연한 아름다움을 아냐고!"

환전소는 부수입이었고 유화가 하는 일은 주로 황소집에서 고기를 서빙하거나 자르고 굽는 일이었다. 낮에는 식사 손님이 많았지만 저녁엔 고기를 안주 삼아 술손님이 주였다. 술이 들어가면 누구나 이성이 흔들리게 된다.

"진상 있었구나. 나도 오늘 개진상 있었는데."

하오가 말했다. 오전조인 하오가 새벽조와 교대를 하던 찰나의 순간이었다고 한다. 로비에 있던 손님이 갑자기 출입문 근처에 쪼그리고 앉더니만

"똥을 쌌어."

"똥을 쌌다고?"

"응. 정말 똥이었어."

"아니, 왜?"

"엄청 급했나?"

"화장실이 바로 옆이었는데. 그냥 변태인 거 같아. 싸고 바로 나가더라고."

윽. 이 부분에서 우리는 모두 인상을 찌푸렸다. 닦지도 않고 바로 바지를 올리고 나가는 사내가 연상되었기

때문이다. 이런 우리의 상상이 그려진다는 듯 하오가 말을 이었다.

"누가 남자래, 여자였어."

"말도 안 돼."

"여자는 뭐, 똥 안 싸냐. 아무튼 그거 때문에 한바탕 난리였잖아. 마침 들어오는 손님이 밟아가지고는."

하오는 더 이상 생각하기 싫다는 듯 맥주를 벌컥벌컥 마셨다. 세상엔 정말 별의별 사람들이 다 있다. 나도 얼마 전 한 손님이 여기서 구입한 매니큐어가 가방에서 새서 가방 속이 엉망이 되었다며 물어내라고 난리를 치는 바람에 진땀을 뺀 적이 있다. 아무리 말도 안 되는 요구를 해도 판매자는 을이기 때문에 큰 소리를 내지 못한다. 하오가 처음 호텔에 입사했을 때 상사에게 받은 단 하나의 조언은 '을보다 더욱 을스러운 말투와 표정을 지닐 것'이라고 했다.

"여기요! 여기, 여기!"

유화가 갑자기 종업원을 불러대기 시작했다. 종업원이 달려왔다.

"네, 손님."

종업원이 허리를 굽히며 말했다.

"여기, 이 닭 왜 다리가 세 개예요?"

"네?"

"아니이, 닭 한 마리를 시켰는데 왜 다리가 세 개냐고요. 이거 기형 닭 아녜요? 유전자 변형 막 이런 거."

"저, 손님 그건……"

"그리고 튀김옷 왜 이렇게 눅눅해요? 바삭바삭한 맛이 없어, 바삭바삭한 맛이."

이쯤에서 하오와 나는 쥐구멍에라도 들어가고 싶어졌다. 달려온 직원은 뭐 이런 진상이 있냐는 표정이었고 그도 속으로는 치킨집에서 치킨 좀 나른다고 누굴 자기 하인으로 보나 하는 것 같았다.

"다시 튀겨 와요."

유화가 팔짱을 낀 채 직원을 똑바로 쳐다보고 말했다. 풀리려는 눈동자에 초점을 잡느라 미간에 잔뜩 힘을 준 채였다.

"저기, 손님."

"저기고 여기고 간에, 안 들려요? 다시 튀겨 오란 말이에요!"

유화는 눈빛만큼이나 매서운 말투였다. 갑자기 혀에 독을 품은 거 같았다.

"아니에요. 죄송합니다."

하오가 직원에게 사과했다. 최대한 을스러운 표정을

꺼내서.

"야, 뭐가 아니야? 내가 틀린 말 했어? 튀김옷이 이게 뭐냐고 이거 패딩이야? 왜 이렇게 두꺼워. 눅눅해가지고 장마도 아니고. 에어컨을 틀란 말이야."

이쯤 되면 아무 말 대잔치였다. 소맥을 연거푸 들이켰다 했더니만 오늘따라 빨리 취해가지고. 우리는 연신 고개를 조아리며 유화를 끌고 나왔다.

"이젠 치킨도 나를 무시하네. 나, 음대 나온 여자라고!"

하오와 내게 양팔을 잡힌 채 버둥거리며 유화가 소리쳤다. 취한 유화를 부축해서 택시에 태웠다. 하오가 조수석에 타고 유화와 나는 뒷자리에 탔다. 택시 기사는 취한 유화를 보더니 인상을 찌푸렸다. 안에 토하기라도 할까 봐 꺼림칙해하는 게 보였지만 우리는 모르는 척 창밖을 바라보았다. 어둠이 내린 거리에는 네온사인이 현란하게 불을 밝혔다. 밤이 되어도 여전히 사람도 차도 많았다. 차창 밖으로 미영의 말이 떠올랐다. '관심을 가지면 서로 잘해주고 싶어져요.' 내게 왜 그런 말을 한 걸까. 거리를 걷는 사람들 모두 어딘가로 흘러가고 있었다. 전갈 독은 어떻게 되는 걸까. 그게 중요한 게 아니라 이대로 가다간 월급이 매출의 1%가 아니라 0.1%가 되게 생겼다. 직원들의 보이콧에는 이런 의도가 숨어 있었다. 골치가 아프다.

갑자기 이런 생각이 들었다. 유화가 품은 독으로 팩을 만들면 어떨까. 하오의 것과 내 것 그리고 박대리의 것과 치킨가게 직원의 것을 합쳐서.

감정노동자의 독으로 만든 마스크팩 출시!

사람들이 구매할까.

대다수 합성물질은 천연자연을 흉내 내어 비슷하게 만들었거나 분자 구조를 똑같이 복사한 것이다. 분자 구조가 같으면 천연이나 합성이나 큰 차이가 없다. 대표적인 사례로 비타민 C를 보자. 비타민 C의 분자 구조는 과일에서 추출한 것과 공장에서 합성한 것이 똑같고 그에 따른 안정성과 효과도 같다. 마스크팩에 쓰이는 독 유래 성분과 진짜 독의 분자 구조도 마찬가지. 천연은 착하고 합성은 나쁘다라는 것은 기업들의 마케팅이다. 물질은 그저 물질일 뿐이다. 거기에는 자연과 인공의 경계도, 천연과 합성의 경계도 없다.

다만, 갑과 을의 경계는 있다.

그날 이후 그 치킨가게에 다시는 못 가게 되었다. 그리고 우리는 일상으로 돌아와 다시 을이 되었다.

관챈루에서

일이 점점 이상하게 꼬여갔다. 박대리가 본사에서 배웅하며 조만간 보자고 했던 말은 의례적인 인사말이 아니었다. 이번엔 마케팅 팀장과 만났다. 사장의 눈치를 보며 본사에 다시 들어갔다. 사장은 자리를 비우는 것을 못마땅해했지만 내 덕에 시즌 프로모션을 공짜로 받은 게 있는지라 뭐라 말을 하진 않았다.

팀장은 관리를 잘한 40대 초반에서 중반 정도의 깐깐해 뵈는 커리어우먼이었다.

“어서 오세요. 실물이 훨씬 미인이군요.”

이곳의 인사말은 모두 통일인가. 화장품 회사라 그런지 처음 보는 사람은 외모를 우선 평가하고 봤다.

“감사합니다.”

"나도 그 동영상 봤는데 어쩜 그렇게 화장을 잘해. 버거라고 했지?"

팀장은 박대리를 보며 확인을 요했다. 박대리가 살며시 고개를 끄덕였다.

"버거 그 친구 덕에 우리 매출이 확 오른 거는 아니지만 홍보 효과만큼은 아주 유의미해요."

확 오른 건 아니지만 유의미하다. 애매하게 말하는 버릇을 가지고 있다고 생각했다.

"회장님이 잘 보신 모양이야. 우리 페이스페이스에 이런 인재가 필요하다고 하시지 뭐예요. 신선하고 창의적이고 아주 좋아요."

"감사합니다."

말뿐인 칭찬 세례는 이제 피곤했다. 덕분에 나는 직장에서 왕따가 되었다고요.

"그래서 말인데 우리 페이스페이스 본사에서 일해보는 건 어때요? 이런 친구를 매장에만 두는 건 아깝잖아."

또다시 박대리를 쳐다보며 동의를 구했다. 박대리는 역시 고개를 끄덕였다. 나는 말문이 막혀 뭐라고 대답을 못 했다. 본사 직원이라고? 유화, 이 기집애. 앞으로 카산드라라고 불러야겠다.

"점장님, 이런 기회 또 없어요. 공개채용도 아니고 회장님 낙하산인데.”

박대리가 낙하산이라는 단어에 힘을 주어 말했다. 그 기세에 기쁨보다 불안감이 앞서 도착했다. 낙하산이라는 이유로 본사에서도 왕따 당하는 거 아닐까.

“기회를 주신다면 열심히 일하겠습니다.”

하지만 낙하산은 이미 떨어졌고 나는 무사히 착지해야 한다. 팀장은 흡족한 듯 웃었다.

“다시 들어가봐야 하죠? 서로 바쁘니까 단도직입적으로 말할게요. 버거가 사촌오빠라고 그러던데 직업이 원래 드래그퀸이에요? 아, 드래그퀸은 직업이 아닌가?”

이번에도 박대리를 쳐다보았지만 박대리도 애매한 표정을 지었다.

“직업은 달리 있지만 본인이 알려지길 원하지 않아서요.”

“그럼 이름은?”

“그것도 본인이……”

“아, 베일에 싸인 인물이군, 베일에 싸인 인물이야.”

팀장의 얼굴에 약간 불쾌함이 스치고 지나갔다. 뭐 이리 비싸게 구느냐는 풍이었다.

“그럼 말하지. 지금 버거가 좀 화제인가. 인스타에서 팔로우 수가 엄청나다며?”

이번엔 박대리를 보진 않았지만 박대리가 동의하듯 고개를 끄덕였다.

“그래서 말인데 정소민 점장이 우리 본사로 오면서 할 첫 번째 프로젝트가 있어. 버거를 아예 우리 모델로 쓰는 거지. 물론 계약하고 모델료도 지불할 거야. 그렇게 되면 지금 우리 모델료가 한류스타들 수준인 건 알지? 그 레벨과 같아지는 거라고. 버거도 좋은 거지. 안 그래?”

“그럼요, 그럼요.”

박대리가 격하게 동의했다.

소파에 앉은 채 몸을 앞으로 당겨 열띠게 말하는 그들을 나는 가만 쳐다보았다. 팀장은 어느 순간부터 말을 놓고 있었다. 그게 어느 순간인지, 화제가 어느새 버거로 옮겨졌는지 그 경계가 희미했다.

“혹시, 버거가 거절하면요?”

그들의 말을 잘랐다. 불의의 습격을 당한 사람처럼 팀장이 움찔하는 게 보였다. 눈을 끔벅이며 아무 말이 없었다. 오히려 옆에서 박대리가 안절부절못하는 게 느껴졌다.

“이런 좋은 기회를 버거가 왜 거절하겠어요?”

박대리가 억지웃음을 지으며 말했다.

“사람마다 추구하는 바가 다 다르니까요.”

"추구하는 바가 뭔데?"

"돈이 전부는 아니거든요."

"돈이 전부가 아니다? 그럼 뭐가 중요한가?"

팀장이 따지듯 물었다. 나는 대답을 못 했다. 지금 나에게 돈보다 더 중요한 게 뭐지?

"소민씨한테도 생각할 시간이 필요할 거예요. 버거와의 관계가 있으니까요."

중간에서 박대리가 안절부절못하며 나를 대변했다.

"시간이 벌써 이렇게 됐네. 김사장님 화내시겠다……."

박대리가 다시 억지웃음을 지며 혼잣말을 했다.

"그만 가봐요. 가서 또 화장품 팔아야지. 자, 다음엔 우리 마케팅 부서에서 봅시다. 버거 일은 잘 생각해보세요."

팀장이 못을 박듯 말했다. 문을 닫고 나왔다. 진땀이 흘렀다. 이번에도 박대리가 정문까지 배웅을 나왔다.

"소민씨, 잘 생각해보세요. 이런 기회를 날려버릴 거예요?

"글쎄요. 이건 제 문제가 아니어서요."

"설득해야죠. 누이 좋고 매부 좋고 아니, 동생 좋고 오빠 좋고 아니겠어요?"

내가 할 말을 못 찾고 구두코만 바라보자 박대리가 내 손을 잡았다.

"어쨌든, 럭키우먼이에요. 회장님 낙하산이라니. 잘 부탁드려요."

박대리가 다시 한번 낙하산에 방점을 찍으며 잡은 손을 흔들었다.

지하철역까지 걷는데 기분이 묘했다. 나는 왜 내가 잘나서 칭찬을 받고 관심을 받은 거라고 생각했을까. 생각해보면 이게 다 버거 덕분인데. 실상을 알고 나니 실망감과 자괴감이 엄습했다. 채용은 핑계였고 실은 버거를 끌어들이는 데 내가 필요했던 거였다. 버거를 내세워 화장품을 팔고 버거의 신상을 털어 주가를 높이고 버거가 너덜너덜해질 때까지 우려먹겠지. 하오가 그런 걸 원할까. 적어도 내가 하오를 팔아넘기는 식은 아니었다. 돈보다 중요한 게 뭐냐는 팀장의 말이 자꾸 생각났다. 나는 고개를 저었다. 그런데도 나는 그들의 제안에 마음이 기울고 있었다. 지하철이 들어오니 선을 지키라는 안내 방송이 들려왔다.

매장에 들어오니 한 떼의 유커들이 점령하고 있었다. 엔화 환율이 내려가면서 일본 관광객은 줄고 대신 중국 관광객이 늘어났다. 메이드 인 차이나에서 메이드 포 차이나로 바뀌는 중이었다. 제품 용기와 포장도 그들의 구미에 맞게 붉은색과 골드 톤으로 변했다. 중국어 특유의 왁자지껄 시끄러운 분위기로 매장이 가득 찼다. 딱 보니 가이드가 몰고 온 손님들이었다.

1호점은 가이드 장사는 하지 않았지만 가끔 무턱대고 자신의 손님들을 앞세워 밀고 들어오는 가이드들이 있다. 손님들을 풀어놓고 다 계산했다 싶으면 점장에게 자신의 계좌가 적혀 있는 종이를 내밀었다. 처음엔 이런 관례가 너무 어이없었다. 봉이 김선달도 정도가 있지, 손님들이 계산한 금액의 20%에 달하는 금액을 요구했다. 세금도 임대료도 내지 않는 불로소득이었다. 명동뿐 아니라 외국인 상권의 다른 지점들도 가이드와 계약을 맺고 울며 겨자 먹기로 이른바 가이드 장사를 한다. 하지만 김사장은 이런 가이드의 놀음에 분개했다. 직원들 인센티브 나눠주고 나면 나는 뭐가 남느냐는 것이었다.

직원들은 정신없이 손님들에게 매달려 있느라 내가 들어온 것도 모르는 눈치였다. 덕분에 카운터는 사장이 지키고 있었다. 사장이 나를 보는 눈이 섬뜩했다. 이렇게 바쁜데 자리 안 지키고 뭐 하는 거냐는 문자가 텔레파시로 전달됐다. 분명 허락을 받고 본사에 들어갔다 온 건데도 그건 상관할 바가 아니었다. 나는 얼른 2층으로 올라가 점퍼만 벗고 다시 내려와 카운터로 갔다. 그제야 사장은 찬바람을 쌩 일으키며 나갔다. 손님들이 한바탕 계산을 하고 나가자 역시나 가이드가 자신의 계좌가 적힌 명함을 내밀었다.

"죄송하지만 우리 매장은 가이드님 안 받습니다."

"진작 말했어야죠!"

가이드도 화를 내며 쌩하고 나갔다. 물어본 적도 없으면서. 생각해서 가이드님이라고 말해줬건만 나도 화가 났다. 가이드 장사 안 하니 꺼지세요, 라고 차마 말을 못 했을 뿐이다.

퇴근하려는데 사장이 불렀다. 또 한소리 하려나 보다 싶어서 마음이 무거워졌다. 오늘은 이래저래 한소리 듣는 날이다.

"앉으세요."

사장 책상의 맞은편에 앉았다. 사장의 등 뒤로 보이는 화이트보드에 빼곡한 그래프가 그려져 있었다. 저게 무엇인지 아는 자는 사장밖에 없을 것이다. 사장은 직원들의 근태만이 매출과 관련이 있다고 믿는 것 같았다. 화장실에 앉아 있으면 눈높이에 매장 내 규율을 붙여놨는데 스무 개가 넘었다. 게다가 매일 하나씩 추가되거나 변경되어 나중엔 뭐가 뭔지 알 수 없을 지경이 됐다. 그리고 뭐 하나라도 마음에 안 들면 직원을 사정없이 잘랐다. 거의 아우슈비츠 수준이었는데 그렇다 보니 사장과의 면담은 가스실에 있는 것처럼 느껴졌다. 숨이 막혀 죽을 것 같았다. 그런데도 직원들이 1호점에 붙어 있는 이유는 복지가 좋기 때문이었는데 다른 지점과는 비교가 안 되게 직원들을 잘 챙겼다. 식사는 돈으로 주지 않고 근처 식당에서 먹게끔 매달 식권을 끊었다. 타지에 나와 있는 사람들에게 돈으로 주면 돈 아끼려고 건강을 챙기지 않는다는 이유에서였다. 또한 간식도 컵라면을 비롯해 주전부리를 할 수 있는 게 창고에 가득했다. 잘 먹어야 잘 팔 수 있다는 신념이 느껴졌다. 게다가 견물생심을 방지하기 위해 그리고 본인이 써봐야 상품 설명을 잘한다는 이유로 한 달에 5만 원 선에서 화장품을 마음대로 골라 가질 수 있는 프리데이를 만들었다. 이렇게 사장은 채찍과 당근을 확실하게 주는 사람이었다. 그런데 지금은 가스실 타입이다.

"오늘 본사에서 무슨 얘기 했습니까?"

"그게 저…… 팀장님이 고맙다고……."

"고맙다고. 또?"

"버거에 대한 질문이랑…… 그냥 그런 것뿐이었어요."

"그게 전부였다?"

"네."

사장이 한숨을 쉬며 등을 의자 뒤로 기댔다. 날카로운 눈초리는 그대로였다.

"본사에 채용되기로 했다면서요? 그 얘기는 왜 빼지?"

"아, 그건 아직 확정이 안 된 거라……."

"내가 그걸 꼭 박대리를 통해 들어야 하나?"

아놔, 이런 썬 오브…… 말을 말자.

"귀띔이라도 해줘야 우리도 사람을 미리 구할 거 아니야? 그렇게 혼자 본사 들어가고 나면, 그럼 그만인가? 응?"

사장이 마치 거짓말을 하거나 절도를 하다 걸린 것처럼 몰아가는 상황 덕분에 정말 그런 것처럼 느껴졌다. 쥐구멍에라도 들어가고 싶어졌다. 억울하면서도 부끄러웠다.

"아직 마음의 결정을 못 해서 말씀 안 드린 겁니다."

"마음의 결정? 그래봤자 갈 거잖아. 점장 되자마자 매출이 뚝 떨어지더니만 그렇게 고민하는 동안 바람이 들어서 어디 일을 제대로 하겠어?"

그건 직원들이 저를 엿 먹이려고…… 나는 속으로 말을 삼켰다.

"죄송합니다."

내 기어들어가는 목소리에 사장은 팔짱을 꼈다.

"차라리 잘됐어. 마침 능력 있는 친구가 이력서 냈는데 한국 사람이니까 점장으로 적격이지. 이력서 보니까 학벌이 좋더라고. 중국어 전공에 명문대 나왔으니 영어도 보나마나 잘하겠지 뭐. 안 그래? 우리 직원들이 영어가 약해서 영미권 손님들 많이 놓쳤는데 잘됐어, 아주."

"네?"

사장은 마치 기다리고 있었다는 듯 줄줄이 읊었다.

"소민씨도 잘돼서 나가는 거니까 됐고. 본사에선 언제 들어오라고 해?"

"아직 정확히 얘기된 게 없어서요."

"그럼 이번 주까지 정리하고 인수인계하면 되겠네."

사장의 성격이 속전속결이라는 건 그간 3개월 동안 겪어봐서 알았지만 이건 좀 너무했다. 이번 주라면 점장이 되고 열흘도 채 안 되는 기간이다. 월급은 어떻게 책정이 되는 거지? 그동안 쥐꼬리만 한 인턴 월급을 받아가며 버틴 게 억울해졌다.

"제가 만약 본사에 안 들어간다면요?"

"왜? 왜 그런 좋은 기회를 저버리나?"

"조건에 따라 다르겠죠."

사장은 잠시 나를 바라보았다. 알 만하다는 표정인지,

알 바 없다는 표정인지 애매한 표정 끝에 입을 열었다.

"그래도 해고하겠네."

"해고라고요? 이유는요?"

"근무 태만."

사장은 더 이상 볼 일이 없다는 듯 신문으로 시선을 돌렸다. 나는 사장의 M자로 벗어진 이마를 노려보았다. 다들 그랬다. 협상을 할 때가 되면 존댓말에서 말이 내려간다. 반말을 하다가 협상이 종료할 때쯤이면 하게체로 반쯤 올라가다 끝이 난다. 약자를 누르는 사회적 양식인가 보았다. 나는 자리에서 일어났다. 가스실에서 나왔는데도 가슴이 답답했다. 1층에 내려오니 직원들이 한 번씩 힐끔거릴 뿐 아무도 말을 걸지 않는다.

입사하고 한 달 후쯤인가. 한 한국인 할머니가 영양크림을 사겠다고 매장 문을 열었다. 빙빙이 붙었는데 빙빙의 외국인 발음을 듣더니 할머니가 다른 직원들을 한번씩 둘러보며 한마디 했다.

"아니, 직원들이 왜 죄다 외국인들이야. 한국 사람을 써야지. 이러니 한국 사람들 일자리가 없지. 쯧쯧쯧."

그러곤 혀를 대차게 찼다. 직원들이 아무 말도 안 했지만 모두 불쾌한 얼굴들이었다. 마침 평일 오전이라 손님도 없었다. 빙빙이 입을 샐쭉 내밀며 떨어졌다. 계속 구시렁거리는 할머니에게 내가 다가갔다.

"영양크림 사시게요?"

내 말투와 얼굴에서 한국인임을 확인한 할머니는 그제야 굳은 얼굴을 풀었다.

"여기 한국인 한 명 있네. 원 외국에 온 건지 뭔지."

적장에서 만난 아군인 양 반가워했다. 그런 할머니에게 나는 잘 들으시라고 큰 소리로 말했다.

"할머니, 여기 있는 직원들 한국어, 중국어, 일본어 3개 국어에 능통한 엘리트들이에요. 그런데 3개 국어 가능한 한국 사람으로 쓰려면요."

나는 잠시 말을 멈추고 살짝 웃었다.

"우선, 없어요. 에이, 그런 능력자가 왜 화장품가게에 있겠어요. 삼성 가지."

그랬는데. 삼성에도 넘쳐나는가 보았다. 그 능력자가 이 코스메로드까지 들어온 걸 보면.

퇴근 후 나는 집 반대 방향으로 걷기 시작했다. 가열된 머리와 가슴을 식힐 시간이 필요했다. 걷다 보니 중국대사관이 나왔다. 붉은색 거대한 문과 높은 벽에 압도감이 느껴졌다. 그 앞으로 환전소와 중화요릿집, 인쇄소 그리고 캐리어 가방을 끌고 다니는 관광객들이 보였다. 이거리가 바로 관전가다. 콴챈루라고 부른다. 여기에서 콴은 대만식 발음이다. 지금의 중국대사관 자리에 대만대사관이 있었는데 '대사관 앞 거리'를 일컬어 '콴챈루'라고 부른다. 한중 수교 이전 대만의 문화가 이곳에 있었다. 지금 이 콴챈루의 중화요리도 대만식이 많다. 그래서 이전의 대만 문화와 그 이후 들어온 중국 문화가 서로 갈등을 빚었다고 한다. 갈등은 비단 국가와 문화만의 문제가 아니다.

빗나간 이 관계들을 어떻게 정리해야 할지 막막해졌다. 처음으로 얻은 직장이었고 잘해보려고 노력했는데 그 수고가 오히려 엇나간 결과를 가져왔다. 한 관광객이 일행과 대화를 나누다 내 어깨를 치고 지나갔다. 그는 곧 미소 띤 얼굴로 자기 나라 언어로 인사를 했다. 여행 온 사람의 설렘과 긴장감이 묻어나는 미소였다. 나도 눈인사를 했다. 돌아보니 모두 외국인들뿐이다. 노점에서 닭강정을 파는 사람도 외국인이었고 그 닭강정을 사려고 지갑을 여는 사람도 외국인이었다. 나 혼자 대륙의 반도가 아닌 섬이 되어 떠내려온 느낌이었다. 괜히 콧등이 시큰해졌다. 혼자인 거리, 콴챈루에서 눈물이 났다.

그런데 나만 혼자가 아니었다. 저 멀리서 거리를 부유하고 있는 낯익은 얼굴을 발견했다. 언제나 멍한 표정의 거구. 멍순씨였다. 여기저기 쇼윈도를 기웃거리는 멍순씨는 마치 잃어버린 아이를 찾는 엄마의 얼굴 아니, 잃어버린 엄마를 찾는 아이의 얼굴처럼 보였다. 눈이 오나 비가 오나 항상 같은 시간에 출근해 제이 앞에 서서 황홀한 듯 그를 바라보는 게 일과였는데 페이스페이스의 모델이 바뀌며 제이의 등신대를 치워버린 후 멍순씨는 더 이상 보이지 않았다. 그런데 가만 보니 거리의 천덕꾸러기 신세였다. 오가는 인파에 치이고 행사 도우미들에게 쫓겨나고 노숙자들도 영역 표시를 하는 건지 겁을 주어 내쫓았다. 아무도 그녀를 반기지 않았다. 그러다 땅바닥에 먹다 버린 음료수로 손을 뻗었다. 집을 잃은 걸까. 입성이 반듯해서 누군가 돌본다고 생각했는데. 날이 꽤 추운데도 얇은 점퍼 차림이었다. 나는 멍순씨에게 다가갔다. 생물학적 나이로만 보면 나보다 열 살이 많은 언니지만 지능은 다섯 살 조카뻘이었다.

"안녕. 나 기억나요?"

멍순씨는 겁을 먹은 듯 움직이지 않았다.

"제이 알죠? 제이 친구잖아요."

제이라는 말에 멍순씨가 나를 쳐다봤다. 눈빛에서 경계심이 사라졌다.

"배고파요? 짜장면 먹을래요?"

고개가 살짝 위아래로 움직였다. 내가 앞장서 걸으니 멍순씨는 사이를 두고 나를 따라왔다. 나는 근처에 화교가 운영하는 중화요리점으로 들어갔다. 따뜻하고 달콤한 공기를 맡자 시장기가 달려들었다. 나는 유니짜장 두 개와 탕수육을 시켰다. 멍순씨는 신기한 듯 주변을 둘러보았다. 앞니 두 개가 토끼처럼 튀어나와 입을 항상 벌리고 있는 모양새에 멍한 눈빛이 어우러져 누가 지었는지 멍순씨라는 이름이 참 잘 어울렸다. 이렇게 가깝게 보기는 처음이었다. 나는 따듯한 재스민차를 따라주었다. 멍순씨는 맞잡은 손가락을 꼬물거리고만 있었다. 손이 크기만 했지 아기 손 같았다. 사십 평생 저 손으로 무얼 해봤을까.

"짜장이랑 탕수육이요."

직원이 음식을 탁자에 놓고 갔다. 나는 짜장면을 가위로 자르고 비벼서 멍순씨 앞에 놨다.

"어서 먹어요."

멍순씨 얼굴에 미소가 번졌다. 그러고 보니 웃는 것도 처음 본 것 같다. 아이처럼 천진한 얼굴이었다. 젓가락질이 서툰 것에 비해 입에 넣는 양은 생각보다 많았다. 나는 내 짜장면을 덜어주었다.

"집이 어디예요?"

"누구랑 살아요?"

"밥은 어떻게 먹어요?"

"요즘 왜 매장에 안 와요?"

질문은 허공에 사라져버렸다. 멍순씨는 내게 눈길조차 주지 않고 탕수육을 집어먹느라 바빴다. 저 안에 갇혀 있는 아이는 아무와도 소통하고 싶어 하지 않는 것 같았다. 유일하게 눈을 마주하고 중얼거렸던 게 제이였더랬는데. 다음 모델이 버거라면. 멍순씨가 혹시 버거를 좋아하지 않을까. 다시 페이스페이스에 찾아오지 않을까. 나는 그녀를 보며 생각에 잠겼다.

아이러니하게도 샤넬이 유명해진 것은 두 차례에 걸친 세계 대전 때문이다.

1차 세계대전이 발발하자 주로 가사노동으로 집에서만 지내던 여성들의 위치가 달라졌다. 산업인력으로서 노동력을 요구받게 된 것이다. 그 이유로 당시 화려하고 불편했던 여성적인 스타일의 옷차림은 외면당했다. 여성들은 점차 샤넬의 실용적이고 단순한 디자인을 선호하게 됐다.

2차 세계대전 때는 연합군의 일원으로 유럽에 파병되었던 미군의 귀국길 덕분이었다. 병사들은 고향에서 애타게 기다리고 있을 애인에게 줄 선물로 샤넬 NO.5를 너 나 할 것 없이 가방에 넣었다. 이런 이유로 미국에 유럽의 샤넬이 퍼지는 계기가 되었다, 는 이야기다.

이 전쟁통 속에서 나는 위기를 기회로 바꿀 수 있을까.

분노의 대가리

출근 후 가방을 넣기 위해 사물함을 열다 기함을 했다. 짧게 비명을 질렀다. 죽은 오리 대가리 하나가 내 손수건 위에 살포시 놓여 있었다. 노란 부리의 바로 밑동부터 잘려나갔는데 이미 부패가 시작됐는지 그 부분이 붉다 못해 거뭇했다. 냄새가 훅 끼쳤다. 나는 숨을 삼켰다가 뱉었다. 비명 대신 실소가 나왔다. 주위를 둘러보았다. 2층에는 나 혼자뿐이었다. 한숨이 절로 나왔다. 시장에 가서 죽은 오리 대가리를 갖고 오는 수고까지 했을 빙빙의 분노와 복수심이 처량하게 느껴졌다. 뭐 이렇게까지 하니…… 다행히 오리는 눈을 감고 있었다.

사물함을 닫았다. 가방을 들고 1층으로 내려가 그 길로 매장에서 나왔다. 아무도 내게 묻지 않았다. 어디 가냐고. 사장에게는 조퇴하겠다고 문자를 날렸다. 사장은 역시나 바람이 들어 제대로 일 안 한다고 생각할 터였고 나는 그야말로 될 대로 되라는 심정이었다. 직원들에게 정나미도 떨어졌다. 그리고 우울했다. 배도 고팠다. 어제 점심 이후 아무것도 먹지 못했다는 생각이 들자마자 배에서 꼬르륵 소리가 났다. 발걸음이 저절로 황소집을 향했다. 입구의 황소가 여느 때처럼 사시 눈으로 서 있었다. 콧등의 먼지를 쓸어내자 꽤 까맸다. 닦아주는 사람이 나밖에 없으니 내가 그동안 발걸음이 뜸했던 것인가.

'잘 지냈어?'

내가 인사를 건넸다.

'그럭저럭. 너는 신수가 별론가 보네?'

이 황소는 사시여도 보는 눈은 정확하다.

'사는 게 재미가 없어.'

'재미로 사나. 존버 정신 잊었어? 기운 내.'

보기보다 긍정적인 녀석이다. 나는 녀석의 콧잔등을 톡톡 두드려주고 문을 열었다.

"이렇게 일찍 웬일이야?"

유화의 어머니가 반갑게 맞아주셨다.

"몸이 안 좋아서 조퇴했어요."

몸이 안 좋은 건 사실이었다. 마음이 안 좋으니 컨디

션도 별로였다. 유화의 어머니는 내 말에 눈을 동그랗게 뜨더니 따듯한 방으로 들어가라며 안실을 내주었다. 그러곤 돌솥밥에 고기를 두 배는 더 넣은 듯한 불고기를 내왔다. 요 근래 인간이라는 종에게 느낀 가장 큰 감동이었다. 내 감동하는 표정에 어머니는 쿨하게 벽에 붙어 있는 글귀를 가리켰다. 거기엔 이런 표어가 있었다.

'기분이 저기압일 땐 고기앞으로.'

밥은 뜨거웠고 고기는 달콤하고 당면은 부드러웠다. 돌솥에 물을 부어 누룽지까지 싹싹 긁어 다 먹었다. 배가 부르니 기분이 한결 좋아졌다. 환전소에서 나온 유화가 사건의 전말을 듣더니 음모론을 제기했다.

"거기 직원들 비자가 어떻게 돼?"

"몰라. 왜?"

"F4 비자면 상관없는데 H2 비자면 말이 달라지거든. 고용주가 특례고용 신청을 해야 해."

F4는 뭐고 H2는 다 뭐란 말인가.

"그게 뭔데?"

"한국인 일자리 보호 차원에서 한국인이 열 명 이하의 매장이면 외국인을 두 명까지 고용할 수 있도록 하는 거야. 이주노동자 고용하려면 복잡하거든. 그만큼 한국 사람들 일자리 뺏는 거라는 인식 때문에 워크넷에 구직 신청 2주 올려서 한국인 신청자가 없었다는 걸 증명해야 쓸 수 있거든."

"한국인이 열 명까지 되는데 외국인을 쓸 이유가 있나. 공급이 그렇게 많은데."

"내 말이 그 말이야. 일할 한국인이 없으니 외국인 쓰는 건데. 웃기지."

"그런데 나는, 나는 그럼 뭐지?"

"너 인턴이었다며?"

"응."

점장이 되긴 했으나 아직까지는 인턴 신분이었다.

"그럼 아르바이트생이네. 4대 보험을 든 것도 아니고 아무것도 아니지. 아무 때나 자를 수 있고 정직원 고용도 사장 마음이야."

나는 아무것도 아니었다. 유화의 의심은 왜 점장을 굳이 한국인으로 고용하느냐 하는 것이었는데 그런 의혹을 제기하기에는 이주노동자의 비율이 더 높았기 때문에 이 의견은 기각이었다. 어쨌든, 나는 알바생과 다를 바 없었다.

"저녁에 술이나 한잔하자."

유화가 환전소의 작은 문으로 들어가며 말했다. 볼 때마다 꼭 앨리스가 이상한 나라로 들어가는 모습처럼 보였다. 나는 유화의 퇴근을 기다리기 위해 근처 찜질방에 가서 누웠다. 얼마 전 하오의 그림자를 피해 새우잠을 잤던 곳이다. 저녁과는 달리 낮에는 한적했다. 찜질복으로 옷을 갈아입고 소금방에 누웠다. 배에 소금을 한 주먹 올려놓았다. 등과 배를 통해 뜨거운 기운이 온몸에 퍼졌다. 땀이 송글송글 맺혔다. 긴장이 풀리고 나른했다. 나는 조만간 또 백수가 될 운명이다. 또라니. 수험생이었던 지난 시간을 백수라고 생각하는 건가. 얼마나 치열하게 살았건 결과가 없다면 과정은 중요하지 않다. 적어도 내 주위 사람들은 그렇게 생각했다. 몸은 나른했지만 정신은 점점 또렷해졌다.

어제저녁 일을 생각하자 한숨이 나왔다. 하오에게 화를 냈다. 정작 할 말은 하지 못한 채 감정만을 쏟아내고 말았다. 집에 갔더니 하오는 영상 편집 중이었다.

"왔어? 오늘 조회 수가 얼마였는지 알아?"

신이 난 목소리였다. 요즘 하오는 인스타에 사진과 동영상을 올리는 재미에 빠졌다. 그 많은 댓글에도 일일이 답글을 달아줬다. 그러면서도 신분은 교묘히 숨겼다.

"몰라."

내 기운 없는 목소리에 하오가 방에서 나왔다. 판도라 상자가 열린 이후 하오는 방문을 열어놓고 살았다.

"무슨 일 있었어?"

걱정스러운 표정으로 하오가 물었다.

"모든 드래그퀸이 그래?"

"뭐가?"

"신분 감추는 거. 베일에 싸이는 거."

옷도 벗지 않은 채 바닥에 앉아 하오를 올려다보며 말했다.

"본사에서 뭐라 그래?"

하오의 물음이 조심스러웠다.

"그런 거 아니야."

하오의 눈을 피했다. 애꿎은 검지 손톱 옆 거스러미를 잡아 뜯으며 말했다.

"모든 드래그 아티스트가 그렇지는 않아. 오히려 자신을 드러내며 직업으로서의 모델 활동을 활발히 하지."

"너도 그럴 생각 있어?"

"아니. 난 직업이 있잖아. 이건 그냥 일종의 취미야. 난 지금이 좋아."

해맑은 하오가 어깨를 으쓱해 보였다. 한숨이 나왔다.

"누가 알아봐주면 좋잖아. 모델료가 월급보다 많을 수도 있고."

거스러미에서 눈을 떼지 않고 지나가듯 물었다.

"글쎄, 정기적이지 않은 직업이잖아. 일이 매일 있는 것도 아닐 텐데. 누가 날 먹여 살리는 것도 아니고 그런 직업은 사치스럽지. 그리고 난 누가 날 알아보고 그러는 거 별로야. 게다가 게이 취급받기 딱인데, 으."

진저리를 치듯 어깨를 떨었다. 그렇다. 하오는 자신의 눈에 띄는 외모도 부담스러워하는 조용한 성격이다. 싹싹함 때문에 자칫 외향적으로 보이나 실은 내성적인 성격이었다. 방전이 되면 동굴 속으로 들어가 혼자 충전을 하고 나와야 하는 사람인 것이다. 나 좋자고 페이스페이스의 모델을 하라는 것은 하오를 사지로 모는 것처럼 느껴졌다. 거스러미를 뜯은 자리에서 피가 비쳤다.

"그나저나 본사에서는 아무 말 없어? 뭐 상여금이나 이런 거. 아이크림 하나 안 준대? 그런데 만약에 아이크림 나오면 나 주면 안 돼? 나 요즘 눈가에 주름 생겼어. 3교대의 폐해야."

하오의 징징거리는 소리가 거슬렸다. 원래 서로 징징거릴 때는 오구오구 받아주던 부랄친구의 암묵적 룰이 있었지만 지금은 그럴 기분이 아니었다.

"나 들어간다."

일어서는 나를 향해 눈치 없이 하오가 쫓아오며 말했다.

"주는 거지? 인턴 기간 끝나면 너도 프리데이 제품 고를 수 있는 거야? 그럼 나 아이라이너 하나 갖다주라. 그거 있잖아. 붓펜 타입으로 펄 들어간……"

"내가 네 호구냐? 웬만하면 사서 써!"

소리를 빽 질러버리고 말았다. 그리고 정적. 왜 그랬을까. 호구는 저 녀석인데. 먹여주고 재워주고 직장에서 잘릴까 봐 동영상도 찍어서 도와주는 호구인데. 하오는 얼굴이 벌게졌고 우리는 그만 서먹해지고 말았다. 이 어색함을 참을 수 없어 나는 그만 내 방으로 들어와 문을 닫았다.

내가 왜 그랬을까. 송글송글 맺힌 땀방울이 관자놀이를 타고 흘렀다. 인중에도 맺혔다 입술로 들어갔다. 찝찌름한 맛이 났다. 밖으로 나와 식혜와 맥반석 달걀을 세 개 사먹었다. 꾸역꾸역 먹고 나서 세 개를 더 사다 먹었다. 그래도 허기가 졌다. 하오에게 뭐라고 사과를 해야 할까. 부랄친구니까 그냥 없었던 일로 넘어갈 수도 있다. 하지만 내가 그럴 수 없을 것 같았다.

맥주를 사들고 유화네 집으로 갔다. 유화의 집은 2층짜리 주택이다. 이 집에서 유화는 20년을 살았다. 1층엔 거실과 주방, 유화 부모님의 침실이 있고 2층에는 유화의 방과 드레스룸, 욕실이 있다. 원래는 유화의 오빠 방이었지만 고등학교 이후로 기숙사 생활과 자취 생활을 한 탓에 그 방은 자연스레 창고 겸 옷방이 되었다.

유화가 독립을 안 하는 이유는 이 집 때문일 것이다. 혼자 한 층을 누리고 있으니 독채를 쓰는 것과 마찬가지였다. 하지만 그만큼의 간섭과 잔소리는 옵션이다.

2층 계단을 오르는데 웃음이 났다. 나는 이 집에서 이 나무 계단의 반들반들한 손잡이를 가장 좋아한다. 세월을 느끼게 해주기 때문이다. 이 집에 드나든 것이 열네 살 때부터니까 중학생, 고등학생, 대학생 때의 나, 내 유년이 묻어 있는 곳이다.

"왜 웃어?"

앞서 올라가며 유화가 물었다.

"너 유대인 코스프레하던 거 생각나서."

"그게 벌써 10년 전이다."

유화가 피식 웃으며 말했다. 스무 살 무렵이니 햇수로 딱 10년이 되었다. 그해 겨울, 수능을 망친 덕분에 원하던 대학을 가지 못한 유화는 잔뜩 골이 난 상태였다. 예민한 상황에서 아버지가 한 말이 화근이 되었다. 2층에 혼자 지내면서 보일러를 너무 자주 틀지 말라는 것이었다. 주택에다 2층이라 난방비가 폭주하는 것은 알겠는데 딸이 오들오들 떨면서 감기 걸리면 좋겠냐고, 손가락이 곱아서 피아노 못 치겠다고 한마디 한 것에 아버지는 그래서 좋은 대학에 가긴 했냐고 맞받아친 것이 이 사건의 전말이다. 그 후 유화는 근 보름간 보일러를 아예 꺼버리고 2층을 냉골로 만들어버렸다. 그리고 2층에서 내려오지 않았다. 화장실이야 2층에도 있지만 식사는 어떻게 하느냐는 나의 말에 유화는 이렇게 답했다.

"인색한 폴란드인 부부의 다락방에 숨어 지내는 유대인처럼 살아."

폴란드인 부부가 나가고 없을 때 1층에 내려가 몰래 먹고 얼른 올라간다는 거였다. 그 후 어머니가 일부러 상을 차려놓고 나가기도 해서 자존심이 상했다는 말도 곁들였다. 그렇게 2주 버티다 지독한 독감에 걸렸고 폴란드인 부부가 올라와 친히 보일러를 틀며 사과를 해서 사건은 종결되었다.

"내, 그때 처음 느꼈지. 집 없는 설움을."

유화가 자조적인 미소를 띠며 말했다. 집에서 집 없는 설움을 느꼈다는 게 아이러니했다.

"그러니 부랄친구한테 잘해. 얼마나 고맙냐. 자기 영역을 내준다는 게 형제한테도 하기 힘든 일이야. 그렇다고 월세를 반 내라는 소릴 해, 수도세 내라는 얘길 해. 너

식비는 줘? 밥도 그냥 얻어먹지?"

유화가 훈계를 늘어놨다.

"하오가 안 받겠다고 한 거야. 정식 직원 되면 달라고."

정식 직원은 물 건너갔지만. 월세를 반 부담하는 일 따위 영영 없어지는 걸까. 매번 인턴에서 해고될 것 같은 불안감이 들었다. 그 전에 하오의 집에서 먼저 쫓겨나겠지. 나는 맥주를 꿀꺽꿀꺽 들이켰다.

"참, 내가 얘기했나? 미영이?"

유화가 오징어를 뜯으며 말했다. 오징어를 보니 미영이 생각이 나긴 했다. 오징어를 그렇게 좋아하면서 사각턱 된다고 보톡스를 맞으러 가던. 스무 살에 보톡스를 맞고 아이도 가진 미영이는 남들보다 시간을 더 빨리 사는 것 같았다. 그런 과감함이 위험해 보이면서도 부러웠다.

"미영이가 왜?"

"요즘 안 나오지?"

미영은 일주일째 결근이었다. 다른 직원들 말에 의하면 초산이고 어리기 때문에 한 달은 안정을 취해야 한다고 했다.

"유산했대."

"뭐? 어쩌다가?"

들고 있던 맥주 캔을 놓칠 뻔했다.

"모르지 뭐. 아무래도 초산이고 어리니까 그랬겠지."

초산은 초산이라고 노산은 또 노산이라고, 아이를 갖는다는 건 정말 어려운 일 같았다. 나도 이렇게 시간이 지나 30대 중반이 되면 노산이라고 그러겠지. 그때까지 결혼은 할 수 있을까. 아니, 연애는 가능한가. 몸을 누일 집도 없는 상황에서.

하오가 정말 나가라고 하면 어떡하나 막막해졌다. 나이 서른에 엄마, 아빠 둘 중 누구의 집으로 들어가야 하나. 그럼 나도 인색한 폴란드인 부부의 눈치를 보며 냉장고 음식을 몰래 훔쳐 먹어가며 살아야 하는 건가. 우리는 가족을 만들 수도, 가족을 떠날 수도 없는 세대가 되었다.

술이 쓰다.

호텔의 남자

과음으로 인해 두통이 몰려왔다. 컨디션이 별로이니 술도 약해졌다. 맥주만 마셨는데 이 숙취는 뭔가. 그러는 가운데 사장이 보낸 문자가 두통을 가중시켰다.

'해고합니다. 사물함 비우세요.'

마지막 근무일까지 일주일도 채 안 남았는데 해고라니. 3개월 만에 처음으로 조퇴한 걸 가지고 야박하게스리. 소시오패스 사장의 얼굴이 떠올라 눈을 질끈 감았다 떴다. 천장을 보며 어디서부터 잘못됐는지, 내가 뭘 잘못했는지, 앞으로 어떻게 해야 하는지에 대해 생각했다. 매출 좀 올려보겠다고 하오를 끌어들여 동영상을 찍은 게 잘못인가. 인스타를 해서 회장의 눈에 띈 게 잘못인가. 애초에 화장품 매장에 들어간 게 잘못인가. 하오의 집에 얹혀산 게 잘못인가. 아니지, 공시에 못 붙은 게 잘못이고 취업 시장을 뚫지 못한 게 잘못이며 애당초 명문대 진학 못 한 것부터가 첫 관문에서 실패한 것이다, 대한민국 사회에선. 그렇게 생각하자 또르르 눈물이 관자놀이를 타고 흘렀다. 스무 살부터 낙오자의 인생을 밟아야 한다니. 왜 우리의 스무 살은 찬란하지 못한 걸까.

"아침부터 질질 짜냐. 일어나. 돈 벌러 가야지."

유화가 엉덩이를 걷어차며 말했다. 해고를 당한 마당에 갈 데도 없는데 잠이라도 더 자고 싶었지만 남의 집에서 그럴 수도 없는 노릇이었다. 나는 미적미적 일어나 화장실로 갔다. 화장대 거울에 비친 내 모습이 마치 좀비 같았다. 머리는 봉두난발로 헝클어진 채 엉거주춤 삐걱대는 몸을 움직이는 꼴이 가관이었다. 게다가 다크서클은 왜 이렇게 많이 내려온 건지 누가 보면 마스카라가 번진 줄 알 것이다. 그뿐인가, 나보다 키가 작은 유화의 분홍색 꽃무늬 잠옷은 팔다리가 짧아서 나를 더욱 우습게 만들어주는 포인트가 되었다.

밥도 먹는 둥 마는 둥 하고 유화의 집을 나섰다. 그렇다고 바로 매장으로 가고 싶진 않았다. 스카우트로 그만두는 게 아니라 해고되어 그만두는 것은 다르다. 그런 모습을 다른 직원들에게 보이고 싶지 않았다. 유화와 명동에 도착해 유화는 환전소로 향했다. 아침 햇살에 얼굴이 더욱 창백해 보였다.

“립스틱이라도 바르지 그러냐.”

“됐거든.”

유화는 단박에 거절했다. 신념인지 고집인지 아무튼 그걸 지키려는 노력이 몹시 피곤해 보였다.

“갈 데 없음 같이 불판이나 갈든가.”

유화가 우두커니 서 있는 나를 보며 말했다.

“됐거든.”

나도 단박에 거절했다. 사장이 황소집 단골이라는 사실을 떠올렸던 것이다. 해고당한 후 식당에서 불판을 갈고 있는 모습을 보이긴 싫었다.

“하오한테 정말 얘기 안 할 거야?”

“보나마나 싫다고 거절할 텐데 뭐.”

“얘기도 안 해보고 어떻게 알아?”

유화가 답답하다는 듯이 말했다.

“너희들 보고 있음 내 복장이 터진다. 말로만 부랄친구지, 서로에 대해 하나도 모르면서.”

유화가 혀를 쯧쯧 차며 돌아섰다. 나도 뒤로 돌았다. 하지만 목적지는 없다. 갈 곳 잃은 내 발설음은 자연스레 하오의 호텔로 향했다. 하오의 호텔이라니, 풋. 누가 보면 재벌 아들인 줄 알겠군. 로드숍 화장품 여급과 호텔 재벌 아들의 운명적인 만남, 그런 건 현실에 존재하지 않는다, 독자들이여. 그리고 지금 이건 그런 할리퀸 류의 로맨스물이 아니다. 처절한 90년대생의 생존기란 말이다.

어쨌든 하오가 '근무하는' 호텔의 문을 열었다. 상앗빛 대리석과 높은 천장에 달린 화려한 샹들리에가 이곳이 호텔임을 알려주었다. 이걸 웰컴 향이라고 하던데. 호텔마다 그만의 독특한 향이 있다. 가끔 하오의 몸에서도 나는 이 향은 이 호텔의 정체성을 알려준다. 이국적이면서도 자연의 이미지다. 들어서는 순간 이곳은 한국이 아니라 외국입니다, 인공적인 도시가 아닌 고즈넉한 숲속의 오두막이에요, 라고 말하는 것 같다. 이 향을 좋아한다. 이 향을 맡고 있으면 근처에 하오가 있을 것만 같다. 그런데 정말 하오가 있었다, 데스크에. 하오는 내가 들어오는 순간부터 줄곧 보고 있었는지 내게서 눈을 떼지 않았다.

나는 로비의 커피숍이 아닌 입구에서 제일 구석진 자리에 얌전히 앉았다. 될 수 있는 대로 눈에 띄지 않게, 먼지처럼 보이도록. 하오를 쳐다보자 그가 눈짓을 한다. 커피숍으로 고개를 향하며 오라고 신호를 보냈다. 호텔 커피는 너무 비싼데. 나는 마지못해 걸어간다. 나는 이제 백수인데 이런 커피값은 감당 못 해. 이젠 그냥 자판기 커피를 마셔야 할 판이라고. 아니지, 이번 기회에 커피를 끊어 볼까. 커피를 끊는다고, 그것도 금전적인 이유 때문에 취향을 포기해야 한다고 생각하니 눈물이 날 것 같았다. 이런 게 돈 없는 설움인가.

로비 커피숍의 계단 두 개를 오르지 못하고 그냥 섰다. 이 단차를 영원히 극복하지 못하면 어떻게 하나 마음이 먹먹해졌다. 커피숍 직원이 나를 웃으며 바라본다. 나는 웃어줄 수 없다. 미소도 마음의 여유가 있어야 나오고 마음의 여유는 주머니의 여유에서 비롯된다는 것을 새삼 느낀다. 그래도 저 단정하게 머리를 빗어 올린 여인은 나를 보고 미소를 보낸다. 그런데 가만, 나를 보고 웃는 게 아니다. 내 너머의 어딘가를 보고 있다. 그때 등 뒤에서 기척이 느껴지더니 누군가 내 어깨에 손을 얹었다. 깜짝 놀라 뒤를 보니 하오다.

"왔어?"

마치 내가 올 걸 알고 있었던 것처럼 다정하게 인사했다. 내 어깨를 안듯이 감싼 하오가 안쪽으로 자리를 안내한다. 그의 당당한 모습에 나는 조금 안심이 된다. 주눅 들었던 마음도 어느새 펴지고 있었다.

"라테 마실 거지?"

하오가 직원을 부르려는 찰나, 내가 작게 속삭였다.

"비싸잖아."

"그냥 마셔. 직원 할인 받으면 되니까."

책망하는 목소리지만 웃는 낯으로 말했다. 아, 여긴 하오의 직장이지. 하오가 부끄럽지 않게 행동해야겠다고 생각하며 허리를 곧추세웠다.

"카페라테 한 잔이요."

하오가 여직원에게 미소를 띠며 말했다. 여직원도 친절하게 미소 짓는 가운데 내게도 눈도장을 찍었다. 그렇지 이렇게 비싼 커피숍은 셀프가 아니지. 벨벳 소파의 부드러움을 한껏 느끼며 깊숙이 몸을 묻었다.

"어떻게 된 거야?"

"뭐가?"

"어제 어디 있었어?"

새벽조라 모를 줄 알았는데 알고 있었다.

"유화네 집에서 잤어."

"연락 안 돼서 걱정했잖아."

휴대폰 배터리를 충전시키느라 책상 위에 두고 잊고 있었다. 아침에 보니 여러 통이 와 있었지만 사장의 문자 한 통으로 아무 생각이 없었던 것이다.

"내가 갈 데가 어디 있겠어. 그런데 나, 걱정한 거야?"

내 장난스러운 미소에 하오가 졌다는 듯이 웃었다. 역

시 부랄친구! 밤을 새워서인지 하오의 얼굴이 까칠해 보였다.

"나, 좀 있으면 퇴근이니까 잠깐만 기다려."

하오가 일어나며 말했다.

"응. 얼마든지 기다릴 수 있어. 마침 갈 데도 없거든."

내 대답에 하오가 피식 웃으며 자리로 돌아갔다. 여직원이 우윳빛이 도는 고급스러운 커피잔을 들고 와 내 앞에 두었다. 그러면서 눈인사를 잊지 않았다. 나도 살짝 미소를 머금어 화답했다. 스팀밀크로 하트를 그린 라테를 마시며 생각했다. 내 취향을 알고 있는 사람이 있다는 건 이렇게 따뜻한 거구나. 데스크에서 하오가 다른 직원과 웃으며 대화하는 모습이 보였다. 다른 직원이 나를 보며 얘기하는 걸 보니 내 얘길 하는 것 같았다. 그리고 하오는 가방을 들고 나왔다.

"가자, 애기야."

하오가 내게 손을 내밀며 말했다.

"뭔, 기?"

의아해하는 내 얼굴에 하오가 심지어 윙크까지 날렸다.

"우리 애기, 많이 기다려서 화났쪄?"

"왜 이래, 무섭게."

내가 정색을 하자 하오가 내 손을 잡아채고 앞장섰다. 사람들이 다 쳐다보는 것 같아 민망해졌다. 갑자기 미쳤나 왜 이러지? 내가 다시 손을 빼자 이번엔 내 어깨를 감쌌다. 어찌나 꽉 잡았는지 꼼짝달싹 못 하고 연행되는 기분으로 호텔 밖으로 나왔다. 문을 나와서도 팔을 풀지 않았다. 우리는 막 시작한 연인처럼 꼭 붙어서 나란히 걸었다. 이러다 직원 중 누군가 보기라도 한다면 영락없이 사귄다고 생각할 것 같았다. 하지만 알게 뭐람. 이제 난 해고된 몸인데. 하오의 어깨에 기대 한동안 걸었다. 생각보다 하오의 품은 따뜻하고 편했다. 누군가에게 기댄다는 것은 누군가의 위로를 받는 일 같았다.

"아까는 왜 그랬어?"

그의 어깨에 안겨 물었다.

"사람들한테 너를 애인이라고 얘기했어."

"왜?"

"그럴 이유가 있었어."

"이유도 말 안 해주고?"

"너도 나한테 얘기 안 해주잖아."

"무슨 얘기?"

하오를 올려다봤지만 하오는 앞만 보며 걸었다.

"본사 스카우트됐다는 얘기, 그래서 해고됐다는 얘기,

하지만 지금 망설이고 있다는 얘기."

이 동네 소문은 정말 빠르다. 이번엔 감이 안 왔다. 박 대리는 아닐 거고. 빙빙? 유화?

"너부터 얘기해."

나는 일부러 유치한 말투로 말했다.

"아까 커피숍 여직원 있지."

하오가 난처한 표정으로 입을 열었다. 아, 커피 갖다줬던 예쁘장한 여자. 그 여직원이 하오에게 대시를 해왔다고 했다. 그래서 여자친구가 있다고 둘러댔고 마침 내가 와주어서 나를 여자친구인 양 행세를 했던 거라고. 하…… 그래서 나를 그렇게 빤히 쳐다봤던 거군. 나는 그것도 모르고 생글생글 웃어줬더랬다.

"예쁘게, 생겼던데, 왜 거절했어?"

오르막을 오르며 말하느라 숨이 가빴다. 걸을 때마다 입에서 김이 연기처럼 나왔다.

"예쁘면 다냐."

하여튼 눈이 머리 위에 달린 게 틀림없었다. 하지만 이상하게 기분은 좋았다. 하오가 나를 끄는 상황이긴 했지만 오르막을 오르며 우리는 손을 잡고 있었다. 장갑 사이로 온기가 느껴졌다.

"이번엔 네 차례야. 본사 정직원이 되는 건데 왜 망설이는 거야?"

나 또한 머뭇거리며 이야기를 풀어갔다. 본사에 갔더니 버거를 미끼로 내 스카우트를 타진한 것, 확답을 않고 돌아왔는데 매장에서는 해고가 되어버린 것, 그뿐 아니라 직장에서 왕따가 되어 오리 대가리를 받았다는 것까지 얘기하고 나자 서러워지면서 울컥, 눈물이 났다.

"바보야, 그냥 솔직히 얘기하지 그랬어."

하오가 손수건을 건네며 말했다.

"자존심도 상하고 너를 팔아넘기는 거 같아 미안하기도 하고."

"내가 심청이냐, 팔아넘기긴."

하오가 큰 소리로 웃었다. 나는 코를 팽 풀며 그를 의아한 눈빛으로 쳐다보았다. 따뜻한 집에 들어오니 눈물에 이어 콧물이 나왔다.

"재밌겠는걸."

하오가 관심을 보이며 말했다.

"너 신상 밝혀지는 거 싫다고 했잖아."

"그렇긴 한데 본격적으로 드래그 아티스트 활동을 해보고 싶긴 했거든. 다른 아티스트들이 컬래버레이션하는 거 보면 부럽기도 했고."

나는 이런 하오를 멍하니 바라보았다. 내 생각과 다르

게 하오는 긍정적이었다. 우리에게 좋은 기회일지도 모른다며. 말만 30년 지기 부랄친구였지 우리는 서로에 관해 잘 모른다고 했던 유화의 말이 떠올랐다. 정말 그런 것 같았다.

하오가 개입되면서 일은 일사천리로 진행이 됐다. 본사에 들어가 팀장과 함께 만났다. 버거는 인터뷰를 가미한 화보를 우선 찍는 것으로 이야기가 됐다.

"소민씨는 아직 대기발령이에요. 자리를 만들어야 해서. 그동안 일하느라 힘들었을 텐데 좀 쉬면서 기다려주세요."

팀장의 말에 얼굴이 화끈할 정도로 무안해졌다. 언제는 창의적 인재라는 둥 매장에 두기 아깝다는 둥 하더니만 이제는 자리를 만들어야 하니 좀 쉬고 있으라고? 하지만 나는 웃으면서 대답했다.

"네, 연락 주세요."

대신 나는 하오의 일을 도왔다. 주로 화장품과 소품을 챙기는 일이었지만 매니저가 된 것 같았다. 촬영은 오전에 시작해서 밤샘 작업을 마치고 끝났다. 콘셉트가 여러 가지라 분장을 지우고 다시 하고 옷 갈아입기를 몇 차례 하자 시간이 훌쩍 지나갔다. 그리고 그때마다 콘셉트에 맞는 포즈를 취해야 했다. 반 전라 차림으로 나 같으면 부끄럽거나 민망할 것 같았는데 하오는 프로였다. 귀여운 버전일 때는 미국의 1960년대를 나타내는 바비인형처럼 큐티했고 섹시한 버전일 때는 헤드윅을 연상시키는 부풀어오른 금발과 화려한 눈화장, 가터벨트로 섹스어필했다. 마지막으로 외계 생명처럼 이질적인 버전에서는 차가운 도회적 표정과 눈빛을 선보였다. 콘셉트를 오갈 때마다 하오는 팔색조처럼 표정과 포즈를 취했다. 나와 사진작가, 스태프 들은 그런 하오를 넋 잃고 바라보다 시간이 흘렀다. 나는 문득 하오의 이력을 떠올렸다. 미대를 나와 호텔의 프런트에 근무하는 남자. 하오는 조명을 받으며 포즈를 취하는 지금, 행복해 보였다. 하오에게 저런 면이 있었다니, 30년 지기 부랄친구가 맞는지 나는 정말 하오를 모르는 것 같았다. 촬영이 끝나자 하오와 나는 썰물이 지나간 후 바닥에 드러난 미역줄기처럼 늘어져 있었다.

"나, 호텔 그만둘까 봐."

돌아오는 택시 안에서 하오가 말했다.

"무슨 소리야, 직장을 그만두다니."

오늘 하오의 표정과 생기를 보고 짐작은 갔지만 나는 되물었다.

"이 일을 전문적으로 해보고 싶어. 생각보다 나한테

잘 맞는 일인 거 같아."

옆에 앉은 하오에게서 설렘과 들뜸의 기운을 느꼈다. 부러웠다. 나도 나를 설레게 하는 일을 열심히 하고 싶다. 나는 고개를 돌려 하오의 옆모습을 바라보았다. 오뚝한 코와 반듯한 이마, 라는 진부한 수식이 너무나도 잘 들어맞는 얼굴이다. 화장을 지운 말간 피부가 아름다웠다. 어쩌면 호텔의 프런트보다 카메라 앞이 하오의 자리인지도 모른다. 나는 어둠 속에서 더듬거리며 그의 손등을 내 손으로 덮었다. 그러자 하오가 손을 뺐다. 그리고 내 손을 잡더니 깍지를 꼈다. 손바닥과 손바닥 사이로 따뜻함이 흘렀다.

어떤 과학자들은 인간이 아름다움에 이끌리도록 프로그램 되었다고 주장한다. 2004년 영국의 발달심리학 연구에 따르면 이런 본능은 막 태어난 아기들을 통해서도 볼 수 있다. 연구팀은 아름다운 여성의 사진과 평범한 여성의 사진을 각각 묶었다. 그리고 태어난 지 일주일 이내의 영아 백 명에게 두 장의 사진을 동시에 보여주었다. 결과가 어땠을 것 같은가. 독자, 당신의 예상대로다. 아름다운 여성의 사진을 쳐다본 시간이 평범한 여성을 쳐다본 시간보다 4배나 길었다고 한다. 영아조차도 예쁜 얼굴을 더 오래 쳐다본다. 이 실험은 인간이 아름다움을 알아보는 '센서'를 지닌 채 태어난다고 해석했다.

또, 이런 문헌도 있다.

1813년 일본에서 출판된 에도시대를 대표하는 미용서 『도시 풍속 화장전』을 살펴보자. 이 책은 오사카, 교토, 에도 세 도시에서 판매되어 다이쇼시대까지 100년이 넘는 시간 동안 꾸준히 팔린 스테디셀러다. 그 중 '화장편'의 머리말에는 화장의 목적을 다음과 같이 설명하고 있다.

〈부인이 백분과 연지를 바르는 것은 교사풍류(驕奢風流)를 위해서가 아니다. 용모를 단정히 하고, 얼굴의 무뚝뚝함을 가려 애교를 더하기 위해서다. 시집에서는 시부모와 남편에 대한 예의를 갖춰 반드시 아침에 일찍 일어나 뜨거운 물로 흐트러진 머리를 바로 하고 연지와 백분을 발라서 다른 이에게 흐트러진 머리와 잠에서 덜 깬 불쾌한 얼굴을 보이지 말아야 한다.〉

유화의 노메이크업이 누구를 위한 것인지 무엇을 위한 것인지는 모른다. (본인도 모르는 것 같다.) 그리고 하오가 버거가 되는 일이 어떤 의미인지 나는 잘 모른다. 다만 내가 아는 화장에 대한 단 하나의 정의는 화장은 나, 스스로를 돌보는 행위라는 것이다. 늘 흔들리고 불안한 우리의 자아를 만지고 두드리는 것, 그래서 견고하게 만드는 작업이라는 것. 단지 그뿐이다.

입술은 마음을 대변한다

월급은 깔끔하게 정산되어 들어왔다. 사물함을 비워 달라는 문자와 함께. 매장으로 가는 발걸음이 무거웠다. 발령은 기약이 없었고 박대리에게 전화해서 물어보는 것도 이제 눈치가 보였다. 나는 완벽한 백수가 되었다. 열심히 하지 말걸. 처음으로 사회생활에 회의를 느꼈다.

매장에 들어가니 멀끔한 남자가 카운터를 지키고 있었다. 나를 보더니 잠시 고민하는 눈치였다. 중국인? 일본인? 몽골인은 아닐 테고, 이 시간에 한국인? 갈등이 얼굴을 스치고 가는 걸 보니, 아직 멀었다. 관상 및 골상학, 헤어스타일과 입성만으로 민족을 한눈에 딱, 구별해내는 스킬은 한 달은 지나야 생긴다. 새로 온 점장이라는 걸 눈치챘다. 저 점장은 몇 개월짜리일까. 나는 눈인사를 하고 2

층으로 바로 올라갔다.

오전이라 본사에서 입고된 물건을 정리하기 위해 직원들이 2층에 몰려 있었다. 춘옥과 경란이 가벼운 눈인사를 보내왔다. 그들을 등 뒤로 하고 사물함을 정리하기 위해 문을 열었다. 별건 없었다. 수건과 양치 세트. 화장품 파우치, 압박스타킹 정도였다. (다행히 오리 대가리는 없었다) 3개월 동안의 짐이 이게 전부다. 아쉬움과 후련함도 함께 쇼핑백에 담고 사물함의 문을 닫았다. 그러자 맞은편에 빙빙이 서 있었다. 나는 마치 한 대 얻어맞기라도 한 것처럼 움찔했다. 내가 뭘 잘못했다고 이렇게 눈치를 보나 싶었지만 빙빙의 표정을 살폈다. 눈이 부은 걸로 봐서 어젯밤 울었던 모양이었다.

"인터넷에서 봤는데 그게 사실이에요?"

빙빙이 작은 목소리로 말했다.

"뭘?"

"미안해요, 온니. 내가 오진했어요."

오해라고 정정해주고 싶었지만 빙빙의 눈에 눈물이 차오르고 있어 타이밍을 놓쳤다.

"좀 이상하다고는 생각했지만 진짜 그런 건 줄은 몰랐어요."

"뭘 말하는 거야?"

"하오오빠 말이에요."

"하오가 뭐?"

"게이라면서요?"

헉. 나는 속으로 숨을 멈췄다.

"그래서 언니가 같이 살게 된 거죠? 난 그것도 모르고 두 사람 사이를 오진했어요."

빙빙이 미안한 표정으로 말했다.

"오, 오해야."

"네?"

"오진이 아니라 오해라고."

빙빙이 말한 인터넷 페이지를 보니 '버거 게이설'에 대해 의견이 분분했다. 인터뷰 화보가 발표된 이후였다. 인터뷰 질문에는 굉장히 세세한 항목들이 많았는데 그중 이상형과 연애 횟수 질문이 있었다.

Q 이상형은?

A 자기 일을 사랑하는 멋진 사람

Q 그동안 연애 횟수는?

A 0번

모두 사실이었다. 내가 아는 하오는 자신의 일에 있어

서 성실한 사람이었고 연애를 하는 걸 본 적은 없다. 이 사실이 단초가 된 걸까. 아니면 드래그 아티스트들 중 동성애자가 종종 있었기 때문에 넘겨짚는 건가. 아니면 여자가 봐도 너무 예쁘고 멋있는 버거를 두고 모함을 하는 것일까. 하오도 이 사실을 알고 있는지 전화를 하려다 문득 다른 생각이 고개를 들었다.

그럴 리가 없다. 사실이 아니라는 것을 알면서도 혹시나 하는 생각이 들었다. 하오가 게이라고? 호텔 커피숍의 그 단정한 여자가 떠올랐다. 분명히 객관적으로도 예쁜 얼굴이 맞았다. 얼굴이 전부는 아니라지만 예쁜 여자를 마다할 사람이 있을까. 하오가 여자를 사귀는 걸 한 번도 본 적이 없다. 게다가 취미라고는 하지만 화장하는 걸 좋아한다. 깔끔하고 나랑 취향이 비슷하고 식성도 비슷하고 내 기분도 잘 알아주고…… 이런 게 다 게이여서라고?

"온니?"

빙빙이 멍한 나를 흔들어 현실로 불러왔다.

"괜찮아요?"

빙빙의 뒤에서 춘옥과 경란이 미안한 표정으로 나를 바라봤다. 경계와 경멸의 눈빛에서 두둔과 이해의 눈빛으로 바뀌어 있었다. 나는 뒤로 호박씨 까는 여자에서 친구의 비밀을 지켜준 의리 있는 여자가 된 것이다.

하오가 게이라니, 믿을 수 없지만 나도 모르게 혹시나 하는 생각이 자꾸 들었다. 예쁜 여직원도 그렇고 빙빙도 그렇고 모두 매력적인 여성들이다. 그런 여성들의 대시를 거절한 하오는 그때, 뭐라고 했던가.

예쁘면 다냐.

예쁜 거 말고 다른 조건이 충족되어야 한다는 말이었을까. 근 30년을 알고 지낸 하오가 이렇게 낯설게 느껴지기는 처음이었다. 그 말이 사실이면 어떡하지. 나는 그 귀한 게이 친구를 두고서도 몰랐던 건가. 심지어 같이 살면서도? 내가 그렇게 둔한가. 만약에 아니라면 최초의 유포자를 찾아서 명예훼손으로 고소를 해야 하나, 어떻게 해야 하지? 하지만 그 떨림은 뭐였을까. 그와 맞잡은 손에서 느껴졌던 떨림과 온기는. 매장을 나와서 나는 혼자 꽥 소리를 질렀다. 지나가던 흑인 남녀가 나를 돌아보았다. 한 대 얻어맞은 것처럼 머리가 멍해졌다.

"언니."

뒤를 돌아보니 미영이었다. 얼굴은 수척한 듯 보였지만 뽀얀 피부에 통통한 몸매는 여전했다. 이젠 소민씨도 점장님도 아닌, 언니라고 불렀다.

"방금 뭐라고 한 거예요?"

"아무것도 아니야. 오랜만이네. 몸은 좀 어때?"

말을 해놓고 아차 싶었다. 괜한 말을 꺼낸 건 아닌가 싶어서 표정을 살폈다.

"이제 괜찮아요."

다행히 미영이는 미소를 지으며 말했다. 그러면서 매장 뒤편을 향해 눈짓했다. 주로 인근의 직원과 노점상인들이 모여 담배를 피우는 후미진 골목이었다. 미영이 앞장을 섰고 나는 따라갔다. 어차피 갈 데도 없는데. 학창시절 같았으면 일진에게 끌려가는 왕따처럼 보일 것 같았다. 앞서 걸어가는 미영이의 뒤태를 쳐다보았다.

"미안해."

"뭘요?"

미영이 주머니에서 담배를 꺼내며 물었다.

"내기 돈 벌게 못 해줘서. 사흘만 버티면 석 달이었는데."

내 말에 미영이 피식 웃었다. 나도 같이 웃었다. 인턴 석 달을 못 채우다니. 아쉬움과 찝찝함이 묻어났다. 그래도 점장으로 열흘은 보냈으니 할 만큼 했다고 해야 하나.

"전에 물어본 적 있죠? 판매를 잘하려면 어떻게 해야 하는지?"

라이터로 담뱃불을 붙이며 미영이 말했다. 언제부터 피운 걸까? 내가 담배에 눈길을 주자 의식한 미영이 입을 열었다.

“얼마 전부터 피웠어요. 마음이 편해지더라고요.”

하지만 담배를 빨아서 깊은 한숨을 쉬듯 내뱉는 모습은 평생을 끽연가로 살아온 노파의 포스였다. 붉은 입술 사이에서 희부윰한 연기가 흘러나왔다. 나는 미영의 나이를 상기했다. 스무 살.

“전에 내가, 관심이 있으면 서로에게 잘해주고 싶어진다 하니까 언니가 물어봤죠, 언제 이런 걸 알게 되었는지.”

나는 고개를 끄덕였다.

“어렸을 때요. 크면서 알게 됐어요. 관심을 얻으려면 먼저 관심을 가져야 하는 거더라고요.”

나는 미영이 자매가 중국에서 부모 없이 혼자 자랐다는 말을 떠올렸다. 나 또한 이혼한 엄마와 아빠 사이에서 핑퐁을 하듯 자랐다. 번거롭고 때때로 외로웠지만 불행하다고 생각하진 않았다. 그 와중에 좋은 일을 찾으려고 노력했으니까. 우선 장난감과 용돈이 많이 생겼고 간섭과 잔소리는 없었다. 내가 이런 이야길 하자 미영이도 웃으며 맞장구를 쳤다.

“한국에서 엄마가 한국 학용품이랑 옷을 많이 보내줬어요. 엄청 예쁘고 세련됐었는데. 그 당시 중국에선 그런 물건 구할 수 없었거든요. 그런데 웃긴 건 부러워하는 애들이 별로 없었다는 거예요."

"왜?"

"걔네들 부모님도 다 한국에 있었거든요. 똑같은 학용품과 옷을 보내왔죠."

오히려 애들이 부러워했던 애가 하나 있었다고 한다. 엄마가 한국에서 허리를 다쳐 귀국했는데 거동이 불편했다. 그 애가 수발을 들어야 해서 하교를 하면 바로 집으로 달려갔다.

"환자가 된 엄마라도 곁에 있으니까. 다들 말은 안 했지만 내심 부러워했어요."

미영이 씁쓸한 미소를 띠며 말했다. 오전의 햇살 한 조각이 좁고 더러운 골목 안을 비췄다. 덕분에 추위가 덜했다. 미영인 언니와 함께 담임 선생님의 집에서 다른 애들과 같이 살았다고 했다.

"그보다 못한 애들은 합숙소에 들어가요. 부모도 친척도 다 한국이나 일본으로 나가서 정말 갈 곳 없는 애들이 돈도 없으면 가는 데예요."

막장. 미영이는 그런 말을 모르겠지만 안다면 썼을 적절한 단어였다. 내가 노량진에서 나왔다는 소문이 한 학번 위의 선배에게 전해졌는지 얼마 전 연락이 왔다. 자신이 운영하는 학원으로 들어오라고. 물을 뺀 후 다음 수순은 먹물들의 막장이라 불리는 곳으로 향하는 것이다.

"나한테 왜 이런 얘길 해주는 거야?"

내가 인턴 석 달을 무사히 마친다는 데에 돈을 건 유일한 사람도 미영이었다.

"그동안 언니 보면서 우리 엄마 생각이 났어요."

춘자아줌마? 아줌마랑 내가 닮았나? 나는 의아한 생각이 들었다.

"울 엄마도 한국에 처음 왔을 때 저랬겠구나."

순간, 콧등이 찡해졌다. 그간 매장에서 외로웠던 일들이 한꺼번에 떠올랐다. 이국의 언어와 문화 속에서 혼자 섬처럼 떠다녔던 나날들. 그런 나를 미영이는 보고 있었던 건가.

"저는 결혼을 빨리하고 싶었거든요. 아이도 낳고 가정을 갖고 싶었어요. 내 가족, 내 가정. 안정된 생활이요."

그래서 그렇게 악착같이 돈을 벌려고 했구나.

"나랑 반대네. 나는 연애는 하되 결혼은 안 할 생각이었거든."

미영이와 마주보며 웃었다. 우리는 서로 반대쪽을 향해 달렸지만 실은 같은 심정이었다. 어쩌면 우리의 부모를 이해할 수 있지 않을까 했던 생각. 그런 마음. 담배의

끝부분이 마지막을 향해 붉게 타들어갔다.

"에취!"

"에취!"

미영과 내가 동시에 재채기를 했다. 추운 데서 꽤 오랫동안 서 있었던 탓이다. 미영이 담뱃불을 밟아 껐다. 우리는 재채기를 인사처럼 나누고 헤어졌다. 언제 다시 보자는 기약 같은 건 없었다. 하지만 악수를 나눴고 그 손은 따듯했다.

집까지 천천히 걸었다. 오른손에 쇼핑백이 달랑거렸다. 그 안엔 빙빙이 사과의 선물로 준 향수가 들어 있었다. 향수는 조 말론 런던(Jo Malone London)이었다. 그 중 시그니처 향인 라임 바질 앤 만다린. 1994년 조 말론이 론칭한 이 브랜드의 성공 비결은 일반인보다 1000배 이상의 후각 능력을 지닌 창업주 조 말론의 코 때문이라고 한다. 이건 개 중에서도 고도로 훈련된 탐지견의 수준이다. 유방암을 앓고 난 후부턴 암세포의 냄새까지 맡을 수 있게 됐다고 하니 후각 초인이라 할 만하다. 실제로 그녀는 색이나 소리에서도 향을 느낄 수 있다고 한다. 그렇다면 감정에도 향이 있을까. 상처받은 마음이라든가, 그 상처가 아물며 남긴 딱지의 냄새 같은 것.

아니면 진실과 거짓에도 냄새가 날까. 거짓말할 때 호

르몬의 냄새로 진실의 유무를 밝힐 수 있다면. 인간 거짓말 탐지기가 아닌가. 지금 이 순간, 향수 조 말론이 아닌 인간 조 말론이 내게 필요했다.

문을 여니 하오가 있었다. 의혹이 고개를 들었다. 생각해보면 30년 동안 여자친구 사귀는 걸 한 번도 보지 못했다. 내가 모르는 연애가 있는 걸까. 내 친구들이 소개해 달라고 해서 얘기하면 자신의 취향이 아니라며 고개를 저었다. 취향이라는 게 있기는 하냐고 물었지만…… 지금 다시 생각해보면 다른 취향이었던 건가……. 내 의심쩍어 하는 눈빛에 하오가 기가 막히다는 듯 말했다.

"왜?"

"봤어?"

"봤지."

"혹시 그런 건 아니지?"

"지금 그게 문제냐?"

"그럼 뭐가 문제야?"

"너까지 왜 그래. 가뜩이나 심란한데."

"혹시나 해서."

"나 여자 좋아해."

"너 화장하는 것도 좋아하잖아."

"그건 그냥 취향일 뿐이라고. 네가 격투기 보는 거 좋아하는 것처럼."

"너 여자 사귀는 거 한 번도 못 봤어."

"그건 내가, 내가 눈이 높아서 그런 거고."

그래도 못 미더워하는 표정에 하오는 내게 성큼성큼 다가왔다.

"결정적 증거, 보여줘?"

"뭔데."

더욱 가까이 다가온다.

"뭐, 뭐야. 왜 이래."

코앞까지 얼굴을 들이미는 하오 때문에 숨이 벅차다. 이상하게 가슴이 쿵닥쿵닥 뛴다.

"너 지금 심장 박동수 올라가고 있어."

"아닌데."

하오가 내 손목을 잡아채서 손목에 찬 스마트워치를 본다. 저렴한 버전이지만 성능은 좋았다. 심장 박동수의 숫자가 힘차게 올라가고 있다. 민망하다.

"산소가 희박해서 그래. 좀 떨어져."

"싫다면."

하오에게 손목을 잡힌 채 엉거주춤 뒷걸음을 쳤다. 좁은 거실에서 곧 등 뒤로 냉장고가 나왔다. 더 이상 물러날

곳이 없다. 눈높이에 하오의 가슴이 보였다. 체취가 느껴질 정도의 거리다. 호텔의 냄새가 났다. 웰컴 향. 이국의 숲속, 한적한 오두막에 단둘이 있는 것 같았다. 하늘을 제외하고 온통 초록색인 곳, 바닥에는 오래된 이끼가 돌을 감싸고 수령을 알 수 없는 오래된 아름드리나무들이 기둥처럼 서 있다. 사방의 나무들이 피톤치드를 내뿜었다. 자신들의 세계에 침입한 인간들을 향한 무언의 경고다. 하지만 아이러니하게도 인간에게는 싱그럽게 느껴진다. 자연이 주는 선물. 공짜 선물. 한껏 들이켜는데 입술에 뜨거운 열기가 느껴졌다. 나는 눈을 감았다. 심장의 고동 소리가 귓가에 들렸다. 누구의 심장일까.

등을 통해 전해지는 냉장고의 진동음이 나를 현실로 소환했다. 눈을 떴다. 하오의 입술이 내 입술을 덮고 있었다. 그의 혀와 내 혀가 조심스레 만나고 있었다. 잠시 동안 아니 한참이 지났나. 내 혀를 탐색하던 하오의 혀가 말했다.

"이제 믿겠냐?"

인생은 정말 한 치 앞을 알 수 없다.

가브리엘 샤넬은 항상 립스틱을 바르지 않고는 대중에게 모습을 드러내지 않기로 유명했다. 그 중 1924년 처음으로 만든 레드 립스틱은 색상을 오래 유지하기 위해 립스틱을 바른 후 그 위에 파우더를 덧발랐다고 한다. 특히, 샤넬은 주홍빛을 띤 레드를 좋아했는데 이 색상을 발표하며 '샤넬 레드'라고 불렀다. 이 레드 립스틱은 그 후 아이섀도, 볼터치 등 다양한 성공 제품으로 이어졌다.

샤넬의 메이크업 크리에이터들은 샤넬만의 특별한 레드를 찾아 세계 방방곡곡을 다녔다. 그런 탐험은 세계 각 지역 사람들의 생활상을 보고 영감을 받는 계기가 되었다. 샤넬의 메이크업 크리에이터 도미니크 몽크투와는 2002년 한일 월드컵 때 한국을 방문해 서울을 물들였던 붉은 악마의 물결에 큰 감동을 받았다. 그러고는 파리로 돌아와 태극기의 레드컬러와 같은 레드 립스틱을 한정 상품으로 출시했다. 이게 바로 샤넬의 '루즈 드 서울(Rouge de Seoul)'이다.

샤넬은 레드 립스틱에 대해 이런 이야기를 했다.

"눈이 영혼의 창이라는 사실에는 끄덕이면서 왜 입술이 마음을 대변한다는 사실은 모르는 걸까요? 레드는 생명의 컬러, 생기의 컬러입니다. 저는 레드를 사랑해요."

그날, 입술은 마음을 대변했다.

클렌징

화장은 하는 것보다 지우는 게 더 중요합니다

하오가 집을 나간 지 일주일이 지났다. 내가 백수가 된 것도 딱 일주일째다. 그리고 일주일간 하오에게 연락이 없다. 그동안 마음이 어수선했다. 오늘은 하오가 돌아올지도 모른다는 생각이 들었다. 크리스마스이브가 아닌가. 괜히 기다려지면서도 정말 오면 어쩌지 하는 생각에 아침부터 안절부절못했다. 서로 얼굴을 어떻게 보나, 하오를 알게 된 지 30년 남짓한 시간 동안 처음으로 느껴보는 긴장감이었다. 그냥 없었던 일로 할까. 모르는 척, 기억 안 나는 척해볼까. 그럼 어색함이 없어지려나. 그럴 수 있을지 의문이었다.

서로 비밀이라고는 없는 유화에게도 그 일만은 말하지 못했다. 남녀 사이에 친구가 가능하냐는 유화의 말이 떠올랐다. 어쩜 유화가 하는 말은 하나같이 틀린 게 없을까. 귀신같은 기집애. 유화가 나를 보며 쯧쯧쯧 혀를 차는 모습이 연상됐다.

옥탑은 옥탑이다. 너무 추웠다. 간만에 보일러도 좀 팡팡 틀고 청소를 하고 있는데 유화에게서 전화가 왔다. 오늘 황소를 버릴 생각인데 내 생각이 났다고 했다.

'와서 인사라도 하든가.'

나는 황소집으로 냉큼 달려갔다. 황소는 코에 폐기물 스티커를 붙이고 처량하게 서 있었다. 한때는 황소고집의 마스코트로 반짝반짝 빛났더랬는데 지금은 글자 하나가 나간 간판처럼 스산하면서도 어딘가 마음이 짠한 존재가 되어버렸다.

'이것도 마지막이네.'

황소가 나에게 말했다.

'인사하려고 왔어.'

나는 황소 코에 붙은 스티커를 떼주고 싶은 걸 참으며 말했다.

'잘살아. 너는 나처럼 버려지지 말고.'

황소의 말에 울컥, 가슴에서 뜨거운 것이 올라왔다. 이미 나도 황소와 같은 처지였다. 사회적으로도 개인적으로도 버려졌다.

페이스페이스와 컬래버레이션으로 진행한 버거 인터뷰 화보는 화제가 되어 버거의 애장용 립스틱 넘버3는 품절 대란을 빚었다. 잠시였지만 좋은 시절이었다. 여기저기서 전화가 걸려왔고 인터뷰 요청이 쇄도했다. 버거가 아닌 하오에게 관심을 보인 패션계에서도 러브콜이 왔다. 아침에 눈 떠보니 슈퍼스타가 되어 있더라는 말처럼 버거 아니 하오는 어느 날 잘나가는 셀럽이 되어 있었다. 수만 명이 버거의 계정을 팔로우하고 좋아요를 눌렀다. 소원하던 친구들이 연락을 해왔고 잊고 살던 먼 친척까지 아는 척을 해대는 통에 어리둥절할 정도였다. 여섯 명의 누나들은 돌아가면서 전화를 해 참견을 해댔다.

그러나 곧, 여러분도 아시다시피 버거 '게이설'이 터졌고 이를 빌미로 본사에서는 버거의 전속 모델 계약을 취소했다. 자신들은 어느 한쪽의 성향에 치우치는 이미지는 원치 않는다는 게 이유였다. 그게 시작이었다. 다른 곳에서도 뜨겁던 열기가 미지근해지더니 식어버렸다.

"아니 그깟 동성애가 뭐라고. 이 난리지?"

"나 이성애자야."

하오가 입술을 깨물며 말했다.

"아니 설사, 동성애자라고 해도 그게 이렇게 난리를 칠 일이냔 말이야. 요즘 때가 어느 때인데."

인기라는 게 이렇게 허망한 것인 줄 처음 알았다. 빠르게 올라간 만큼 수직 낙하했다. 갈채는 손가락질이 되어 마음만 헤집었다. 그러자 소수자들이 반기를 들고 일어났다. 이성애가 아닌 동성애를 선택했다는 것만으로 죄인 취급을 하는 야만인들과 동시대를 산다는 것 자체가 수치스럽다는 논조였다. 갑자기 이 논란의 한가운데에 서게 된 당사자 버거는 정작 아무 말도 할 수 없었다. 이성애자들의 편을 들기엔 동성애자라고 이미 낙인이 찍혔고 동성애자들의 편을 들자니 하오는 이성애자였던 것이다. 그러는 와중에 나는 사이버수사대에 의뢰해 최초의 유포자를 찾아냈다. 이번에도 하오를 대신해 짱돌을 들 생각이었다. 찾았다는 전화를 받고 헐레벌떡 경찰서에 갔더니 그 자리엔 중학생이 앉아 있었다. 2학년이라고 했다. 아이는 여드름투성이 얼굴을 제대로 들지도 못하고 웅얼거리듯 말했다.

"잘못했어요."

남자가 봐도 멋있고 예쁜 버거가 미웠다고 했다. 부모와 담임 선생이 찾아와 함께 용서를 구했다. 나는 녀석의 여드름을 더러운 손으로 아프게 짜주고 싶었지만 하오는 처벌을 원치 않았다. 이렇게 해프닝일 뿐이었으나 한번 각인된 이미지는 벗어지지 않았다. 그리고 매일 쏟아져내리는 다른 기사들로 버거도 게이설도 며칠 만에 묻혔지만 하오가 호텔을 퇴사하고 나온 후였다. 일이 이렇게 되자 나로 말할 것 같으면 본사에서 더 이상 필요치 않은 패가 되었다. 낙하산에서 내려보지도 못하고 날아가버린 셈이다.

하지만 그보다도 힘들었던 건 다른 데 있었다. 비로소 내 마음과 감정을 알 것 같았는데 시작조차 못 해보고 떠나보냈다는 사실이었다. 짧은 시간에 많은 일을 겪고 하오는 방 밖으로 나오지 않았다. 걱정이 된 나는 그의 문 앞을 서성댔다.

"밥 안 먹을 거야? 좀 나와봐."

"얘기 좀 해. 네 잘못이 아니잖아."

"너만 속상한 거 아니야. 나도 속상하고 어이없다고."

"그러게 왜 호텔은 그만둬가지고."

갑자기 문이 열렸다. 나는 깜짝 놀랐다. 하오의 눈치를 살며시 보았다. 하오는 입을 굳게 다물고 나를 쳐다보았다.

"내가 너무 한심해서 그래."

그 말을 끝으로 하오는 집을 나갔다. 하루 이틀이 지나고 나흘이 흘렀을 때 나는 하오가 내게 돌아오지 않을 거라고 생각했다. 나를 원망하고 있을 거라고. 내 말을 듣고 동영상을 찍고 화보를 찍고 호텔을 나온 자신이 한심하다는 의미라고. 그러자 더더욱 연락할 수 없었다. 나는 옥탑방에서 내려와 골목을 지나면 있는 작은 슈퍼마켓으로 갔다. 그 슈퍼 옆에는 고장난 공중전화 부스가 있다. 주황색 옛날 전화기는 이제 녹슨 고철이 된 지 오래였다. 욕쟁이할머니도 이런 마음이었을까. 나는 그 안으로 들어가 수화기를 들었다. 아무 소리도 들리지 않았다. 하지만 내가 말하면 그 끝에 그가 수신하고 있지 않을까 나는 입을 열었다.

"돌아와. 보고 싶어."

나는 황소의 등에 가만 손을 얹었다. 차가웠지만 그 안의 따스함이 느껴졌다.

등골을 따라 땀이 흘렀다. 엄동설한에 땀이라니. 지나가는 사람들이 다 나를 한 번씩 쳐다봤다. 그때마다 나는 이 정도는 문제없다는 표정을 지어주었다. 어떤 자세도 불편하다. 업고 있던 황소를 내려놓고 이번에는 허리를 끌어안아 번쩍 들었다.

'너, 생각보다 무겁다.'

'합성수지 및 기타 염료로 만들어졌지만 속은 비었어. 다행으로 알아.'

'입만 살아가지고. 입은 가벼워서 다행이네.'

'그러게 용달을 부르라니까 참.'

'용달 부를 돈이 어딨냐.'

'참, 너 이제 완벽한 백수지.'

완벽한 백수는 또 뭐람. 집까지 제일 빨리 가는 방법은 친한 친구랑 대화하면서 가는 거라던데 황소랑 얘기를 하면서 가도 집은 아주 멀게만 느껴졌다. 팔은 떨어질 것 같고 패딩 속에서 땀이 모락모락 피어올랐다. 야심 차게 황소의 코에서 스티커를 떼던 기세는 왜소한 근육량 앞에서 사라지고 없었다.

'그래도 끙, 책임진다고 했으니까 끙, 끝까지 가봐야지 끙, 안 그래?'

그때였다. 갑자기 황소가 한결 가볍게 느껴졌다. 갑자기 합성수지가 패브릭으로 변한 것도 아닌데 그랬다. 우리가 함께 날고 있나. 팔이, 몸이 가볍다. 이 정도면 집이 아니라 어디든지 갈 수 있을 거 같았다.

'너, 갑자기 가벼워졌다. 무슨 짓을 한 거야?'

'바보야, 뒤를 봐.'

황소의 말을 듣고 나니 뒤에서 인기척이 느껴졌다. 돌아보니 누군가 황소의 뒷다리를 들고 함께 섣고 있었다. 눈물이 날 만큼 반가운 얼굴이었지만 내 마음과는 다르게 말은 퉁명스럽게 나갔다.

"그동안 어딜 갔던 거야?"

"큰누나네. 머리 좀 식히고 왔어."

"부산?"

"아니, 그건 셋째 누나고 큰누나는 강릉."

남바리의 누나들은 항상 헛갈린다.

"연락도 안 하고."

"너도 안 했잖아."

나는 속으로 말했다. 너에게 전화를 했었다고. 돌아오라고.

내가 본사에 안 갔더라면, 같이 뷰티 동영상 찍자고 안 했더라면, 하다못해 애초에 이 집에 들어오지 않았더라면 하오는 지금도 건실하게 직장인으로 살고 있었을 것이다.

"어차피 잘됐지 뭐. 좀 쉬고 싶었는데."

내가 아무 말도 못 하고 있자 하오가 씩 웃으며 말했다.

"참, 저녁에 유화 올 거야."

"왜? 이브라서 바쁠 텐데."

"백수 기념 파티 해야지."

하오가 볼우물을 푹 찍으며 말했다.

"그런데, 이 황소 되게 무겁다."

유화는 한 손엔 치킨, 또 다른 손엔 술과 안줏거리를 한아름 안고 들어왔다.

"아, 이놈의 오르막, 내가 돈 벌면 이 오르막부터 밀어버린다."

유화가 헐떡거리며 말했다.

"그냥 우리가 내려가 살게 돈을 줘. 그게 더 빨라."

하오가 웃으며 말했다.

"아, 그런가? 아무튼 이것 좀 들어봐. 팔 아파."

"치킨은 배달시키면 되지 뭐 하러 사들고 왔어?"

유화에게 치킨과 비닐봉지를 건네받으며 내가 말했다.

"너 요즘 집에만 있어서 현실감이 떨어지나 본데 오늘 크리스마스이브야. 지금 시키면 내일 온다고."

아, 그렇구나. 앞으로 세 시간 후면 크리스마스였다. 크리스마스에 백수가 되다니. 양념통닭을 보며 기뻐하는 하오는 크게 개의치 않는 모습이었다. 언젠가 하오가 호텔업계가 생각보다 보수적이라는 말을 한 적이 있다. 어쩌면 이 일이 소문나 다른 호텔에도 취업을 못 하면 어쩌나 나는 내심 걱정이 되었다.

"그냥 휴가 냈다고 생각해."

유화가 이런 내 표정을 보았는지 닭다리 하나를 건네며 말했다.

"먹고살 걱정이 없어야 휴가지. 무급 휴가도 휴가냐."

나는 닭다리를 힘없이 뜯으며 말했다. 힘없이 뜯었지만 맛은 달콤해서 눈이 번쩍 떠졌다.

"야, 나는 오늘 환전소 문 열고 얼마 벌었는지 알아? 칠천 원 벌었어, 칠천 원! 꼴랑 이백 달러 바꾸면서 새 돈으로 달라, 위조지폐인지 먼저 봐야겠다, 물 좀 달라. 아 놔, 물은 사 마시라고. 왜 환전소 와서 물을 달래."

한참을 분노하던 유화는 적정 비율로 만 소맥을 시원하게 들이켰다.

"요즘 자영업계 비수기야. 다들 닫지 못해 열어놓는 거라고."

언제는 호황기도 있었나. 우리가 초등학생이 된 이래 경기는 늘 비수기였다. 경기의 주체가 부모님에게서 우리가 된 것뿐이다.

"위기가 곧 기회다. 응? 기회가 올 때까지 열심히 갈고닦으라고."

"뭘?"

"너희들 잘하는 거 있잖아."

갑자기 너희들 잘하는 거, 라는 말에 몸이 움찔했다. 하오를 슬쩍 보니 하오의 표정도 경직된 것 같았다. 유화가 알 리가 없는데도 나는 조마조마한 마음이 되었다.

"우리가 뭐, 뭘 잘한다고 그래?"

내 더듬거리는 말에 유화가 의심쩍은 눈빛으로 하오와 나를 번갈아 봤다.

"너희들 잘하는 거, 화장 말이야. 뷰티 동영상 계속해. 유튜브로 넘어가. 직장은 없어도 직업은 살아 있잖아."

직장은 없어도 직업은 살아 있다. 그 말에 나는 귀가 솔깃해졌다. 내가 스스로 자르지 않는 한 잘릴 일이 없는 1인 기업. 그래 우리 아직 할 일이 있어. 하오를 보니 오징어를 뜯으며 뭔가를 곰곰이 생각하는 눈치였다.

"잘나가는 유튜버는 연봉이 억대라던데. 너희들이라고 그러지 말라는 법 있어? 남 밑에서 일하느니 그냥 너희가 회사를 해. 구직에서 구독으로 넘어가라고. 그럼 되잖아."

유화가 자신감을 고취하는 말을 자꾸 해댔다. 그런 유화를 자세히 보니 입술이 불그스름했다. 양념통닭의 양념인가 했는데…….

"너…… 립스틱 발랐구나!"

나는 마치 크리스토퍼 콜럼버스가 신대륙을 발견한

것처럼 소리쳤다.

"아니거든."

유화가 황급히 말했다.

"발랐는데 뭐. 딱 보니 코랄빛 도는 핑크 같지만 실은 핑크빛 도는 코랄이네. 맞네, 맞아. 내 눈은 못 속이지. 암."

실눈을 뜨고 관찰하는 내 얼굴을 부담스러워하며 유화가 고개를 돌렸다.

"맞잖아, 인정해. 그거 바른다고 너한테 뭐라고 할 사람 없어. 자신감을 가져."

나도 자신감을 고취하는 말을 해줬는데 그럴수록 유화는 기집애…… 하고 나를 째려봤다.

"이거 립스틱 아니거든!"

급기야 소리를 질렀다.

"틴트거든."

그러곤 기어들어가는 목소리로 마무리했다.

"그게 그거지, 기집애들아. 너 그거 베네피트지?"

듣다못해 하오가 낮은 목소리로 물었다. 유화가 베네피트의 틴트라면 사족을 못 쓰는 걸 알고 있었기 때문이다. 유화는 마지못해 고개를 끄덕였고 우리는 박장대소했다. 유화는 알고 있을까. 베네피트 틴트는 원래 스트리퍼의 유두를 붉게 물들이기 위해 처음 만들어졌다는 사실을.

아직 해는 안 떴지만 곧 새벽이었다. 크리스마스였다. 술을 먹고 밤을 새워서 놀아본 게 얼마 만인가. 노량진에 있을 때는 생각도 못 할 일이었다. 유화는 급하게 소맥을 원샷에 원샷을 해댄 후 급기야 혀 꼬인 목소리로 솨라있네 솨라있어,를 외치더니 그 자리에서 스르륵 잠이 들어버렸다. 나는 유화의 손목에서 손목 보호대를 빼주었다. 고깃집에서 가위질을 하도 해서 오른쪽 손목은 건초염을 달고 살았다. 잠잘 때는 파스를 붙이고 점심시간에는 근처 한의원에 침을 맞으러 다닌다고 했다.

"피아노 칠 때도 이 정도는 아니었는데."

나는 잠든 유화를 바라보며 말했다.

"그러는 너는?"

하오가 나에게 말했다.

"뭐가?

"요즘은 글 안 써?"

흘러내리는 앞머리를 쓸어올리며 하오가 말했다. 며칠 만에 봐서 그런가 오늘따라 멋있어 보였다.

"무슨 글?"

그 모습을 바라보며 내가 물었다.

"너 전에 소설 쓰고 그랬잖아."

"소설은 무슨. 직업도 없는데. 그냥 선봐서 시집이나 갈까 봐. 아니지, 취직 대신하는 거면 취집이겠네. 돈 잘 버는 남자를 어떻게 꼬셔야 할까?"

나는 자조적이 되어 웃었다.

"네가 하려는 취집이 에스에프야? 헝거게임 같은 소설 쓰고 싶다며? 취집이 혁명이고 전쟁이냐고?"

하오가 갑자기 언성을 높이며 말했다.

"그럼. 피비린내 나는 전쟁이지. 애 낳고 맞벌이하면서 워킹맘 되는 거, 이거 전쟁 아니야? 시댁 가서 허리 끊어지게 전 부치고 김장하고 남의 조상 모시는 거. 이거 혁명의 대상 아니냐고. 그런 현실이 있다는 게 나한테는 에스에프야."

나도 맞받아치며 말했다.

"그런 디스토피아엔 왜 가려는 건데?"

"적어도 민폐나 끼치면서 친구한테 빌붙어 살진 않을 거 아냐."

우리 사이에 잠시 침묵이 흘렀다. 실은, 엄마처럼 그런 탈출을 하고 싶지 않다. 유토피아가 아닌 이상 가고 싶지 않았다.

"너 때문에 불편한 거 하나도 없어."

하오가 침묵을 깨고 말했다.

"내 마음이 불편해."

진심이었다.

"나는 좋은데."

하오가 맥주 캔을 빙빙 돌리며 말했다.

"너 아직도 나 의심하는 거 아니지."

벽에 기댄 채 맥주 캔을 홀짝이며 하오가 말을 이었다. 가만 보니 오늘따라 피부가 더 뽀샤시해 보였다. 나는 이 와중에 하마터면 기집애 뭐 발랐냐, 라고 말할 뻔했다.

"뭘?"

"게이라고."

"그게 뭐 중요해."

"왜 안 중요해."

"네가 게이든 아니든 넌 그냥 강하오잖아. 내 부랄친구."

"그 얘기 좀 그만해."

"무슨 얘기."

"부랄 어쩌구 하는 거. 네가 부랄 없는 것처럼 나는 게이가 아니야. 그리고 이건 우리 사이에 중요한 문제고."

"왜 중요한데?"

내 물음에 하오는 잠시 숨을 고르고 말을 뱉었다.

"너한테 남자고 싶으니까."

맥주에 소주를 쫄쫄 붓다가 선을 넘어버렸다. 멈춰야 한다고 생각은 하면서도 적정 비율을 넘어 소주는 계속 들어갔다.

"뭐?"

"네 앞에 남자로 서고 싶다고. 부랄친구 이딴 거 말고. 남자, 여자. 이성이 되고 싶다고."

하오의 말에 넋을 놓고 있던 나는 정신을 차리고 소주를 바닥에 내려놓았다.

"취했니? 아님 농담하는 거야?"

"아니. 안 취했고 진지해."

"웃기지 마. 넌 내가 소개팅할 때마다 메이크업 담당이었잖아."

나는 웃음이 나오려는 걸 참으며 말했다.

"어, 일부러 못생겨 보이게. 눈은 작고 코는 뭉툭하고 턱은 사각으로."

하오도 미소를 지으며 말했다.

"뭐야?"

그래서였나, 마음에 드는 상대는 번번이 딱지를 놓았고 마음에 안 드는 상대도 딱히 애프터 신청이 없었다.

"그게 내가 할 수 있는 최대한의 저항이었어."

"못난 자식."

"내가 고백하면 네가 떠날까 봐. 평생 보고 싶은데 부랄친구로도 남지 못한다면…… 그런 모험은 하기 싫으니까."

소주가 적정선을 넘은 소맥은 썼지만 끝맛이 묘하게 달았다. 사실은 나도 네가 내 남친이면 어떨까 생각했다는 말이 목구멍에 걸렸다. 네 마음이 내 마음과 같을지 확신이 없었다고. 이 말을 하려는 찰나,

"얘들아. 구애 중에 분위기 깨서 미안한데 나 화장실 좀 갈게. 참아보려고 했는데 정말 못 참겠어."

우리 사이에 누워 있던 유화가 좀비처럼 스르륵 일어났다. 그리고 입을 막고는 화장실로 들어갔다. 구토를 막는 건지 웃음을 막는 건지. 아무튼 하오와 나는 얼굴에 손을 묻었다. 아놔…….

"어깨 펴!"

갑자기 하오가 소리쳤다. 아, 깜짝이야. 그러고 보니 습관처럼 어깨를 수그리고 있었다.

"당당하게 어깨 펴고 다녀. 키 큰 게 얼마나 멋진 일인데 맨날 어깨를 옹송거리니."

또, 하오의 어머니가 빙의를…… 불득, 나는 고개를 들었다. 가슴이 서서히 뛰기 시작했다. 여느 때 같으면

또 하오의 어머니라고 생각하겠지만. 아니었다. 내 키는 160대 중반으로 결코 큰 편은 아니다. 내가 스스로 키가 크다고 생각하고 어깨를 굽히고 다니기 시작한 것은 초등학교 6학년 때다. 2차 성징이 시작되기 전엔 반에서 제일 키가 컸다. 지금 키가 바로 그때 키니까. 그때는 남자애들이 거인이라고 놀리는 게 부끄러웠다. 그때마다 엄마는 당당하게 어깨를 펴라고 입버릇처럼 말했다. 키 큰 게 얼마나 멋진 일인데 그러니…… 나는 하오를 쳐다보았다. 내 표정을 보고 하오가 천천히 미소를 지었다. 그럼 지금까지 하오 어머니의 빙의라고 생각했던 그 사람은 바로……

"어머니가 너 걱정하셔."

하오가 말했다.

"전화 좀 해, 꿀단지야."

하오가 말을 이었다. 엄마 목소리가 들리는 듯해서 웃음이 나왔다. 어릴 때부터 엄마가 집에서 나를 부르던 애칭이었다. 꿀단지는.

콧날이 시큰해졌다.

강하오, 이유화, 나 정소민을 비누에 비교해보겠다.

1. 1950년대, 미국 해병대는 대원들이 훈련할 때 바닷물에서도 거품이 잘 날 수 있는 비누가 필요했다. 유니레버는 바로 그런 비누를 개발했는데 매우 센물이나 바닷물에서도 거품이 풍부하게 일었다. 그렇다고 보습이 약한 건 아니었다. 크리미한 보습 성분은 피부가 건조해지는 것을 막았다. 7년 후, 유니레버는 이 해병대 비누를 '도브'라는 이름으로 일반에 시판했다. 비누라는 이미지를 바꾸기 위해 신제품의 이름은 '뷰티바'로 지었다. 자극적일 수 있는 알칼리 성분은 제거, 비누와 비슷한 미립자로 만들어 중성이며 보습을 강조한 부드러운 클렌징 바였다. 도브는 리트머스 시험지를 이용해 다른 비누와 비교 실험하는 광고도 만들었는데 중성적으로 순하다는 이미지를 효과적으로 확실하고 쉽게 전달했다.

부드러우면서도 센물에서 강하다. 이름도 그냥 비누가 아닌 아름답게도 뷰티 바예요.

2. 1899년 영국에서 우아한 향기를 지닌 고급 비누가 탄생했다. 많은 사람의 사랑을 받은 이 비누의 이름은 '럭스'. 럭스는 그 후 100여 년 동안 영국은 물론 유럽, 아메리카, 아시아 전 세계에 걸쳐 비누 단일 브랜드로서는 도브와 나란히 세계적인 쌍방의 지위를 확보하고 있다. 특히 일본에서는 1972년 이래로 부드럽고 고상한 향기와 확실한 품질로 사람들의 마음을 사로잡아 선물용 비누로서 높은 평가를 받았다.

화려하고 풍부한 향 그리고 똑소리 나게 확실한 품질의 비누랍니다.

3. 이 비누에 대해서는 전설 같은 이야기가 전해진다. 비누 공장에서 한 직원이 점심 식사를 하러 자리를 뜨며 그만 기계의 전원을 끄는 것을 잊어버렸다. 그는 식사를 하던 중 생각이 나서 급히 공장으로 돌아왔으나 이미 비누 거품으로 인해 아무것도 보이지 않을 정도로 엉망이 된 후였다. 이를 알게 된 사장은 그 직원을 매우 야단친 후 깨끗하게 치우지 않으면 해고하겠다고 엄포를 놓았다. 직원은 어떻게 이 수많은 비누 거품을 치워야 하나 고민하다가 좋은 아이디어가 떠올랐다. 사방에 널린 비누 거품을 모아 눌러서 비누 모양을 만들어본 것이다. 그렇게 비누를 몇 개 만들어보니 이전의 어떤 비누보다도 가볍고 순했다. 게다가 거품도 잘 났다. 물에 뜨는 비누 '아이보리'의 탄생이었다. 아이보리 이름은 성경 구약 시편 45장 8절 "왕의 모든 옷은 몰약과 침향과 육계의 향기가 있으며 상아(ivory) 궁에서 나오는 현악은 왕을 즐겁게 하도다"에서 따온 것이다.

얼떨결에 나왔지만 애는 순하고 일도 잘해요.

독자여, 누가 누군지 아시겠는지.

다시, 봄

황소가 없는 황소집은 어쩐지 허전해 보였다. 하지만 유화는 가게 앞이 훤하고 마음도 아주 후련하다고 했다. 그러면서도 황소의 안부를 물었다.

"아주 반질반질 윤나게 닦아주고 있지. 우리 방송의 트레이드마크거든."

나는 전 주인에게 입양한 개의 근황을 전하듯 말했다.

"그래도 황소버거는 너무한 거 아니냐. 한우버거도 아니고."

깔깔깔 웃는 유화를 가만 보니 핫핑크 카디건과 맞춘 듯 입술에 핑크 립스틱을 바르고 있었다.

"얼굴도 뽀샤시한 걸 보니 비비크림 발랐고 눈썹도 그렸고 광대에도 코랄빛이 은은하게 도는 게 볼터치도 한

데다 아이라인에 마스카라…… 뭐야, 다 했잖아."

나의 지적에 유화가 씨익 웃었다.

"그냥 나 꼴린 대로 살란다."

"그래, 그게 이유화지."

우린 한바탕 웃었다. 그때 문이 열렸다. 유화가 어서 오세요, 하는 인사와 동시에 일어났다. 미영이었다.

"안녕하세요?"

미영이 내게도 눈인사를 건넸다. 페이스페이스 퇴사 이후 처음 보는 거였지만 낯설지 않았다.

"엄마 퇴근 시간 맞춰 왔구나. 어디 좋은 데 가는 거야?"

카운터에서 유화의 어머니가 웃으며 물었다.

"같이 저녁 먹으려고요."

미영이 배시시 웃으며 말했다.

"오늘 무슨 날인가?"

유화가 혼잣말처럼 중얼거렸다. 미영이 대답은 안 했지만 나는 알고 있었다. 오늘은 월급날이다. 페이스페이스는 매달 1일에 월급을 지급했다. 퇴사한 지 3개월이 지났는데 기억하다니. 이건 몸의 기억이다.

미영인 지금도 영업왕일까. 처음 보는 손님에게 첫사랑에 빠지듯이 관심을 주고 관심을 받으며 에이스 자리를 굳건히 지키고 있을까. 미영과 눈이 마주쳤다. 눈이 그렇다고 말하는 것 같았다. 그러면 서로에게 잘해주고 싶잖아요.

"딸, 왔어?"

춘자아줌마가 옷을 갈아입고 나왔다. 강남 사모님 포스의 옷차림이었다. 오늘 특별히 신경을 더 쓴 것 같았다. 아줌마와 미영이가 팔짱을 끼고 문을 나섰다. 통통한 뒷모습이 닮았다. 이제 저 모녀는 유화제를 찾은 것 같다. 나는 모녀가 골목을 꺾어 사라질 때까지 바라보았다.

"또 뚝불이야?"

유화가 물었다.

"응."

"너도 참, 뚝불 주간은 저번주 아니었어?"

"한 주 연장했어."

"안 지겹냐?"

"매일 먹는 것도 아닌데 뭐."

유화가 혀를 내두르며 돌아섰다. 웬만해선 물리지 않는다. 공시 시절, 익숙한 루틴을 갖기 위해 노력한 결과다. 다 옛날 말이지만. 학원을 운영하는 선배의 제안은 정중히 거절했다.

언제나 그렇듯 유화의 조언이 주효했다. 우리는 가진

돈을 탈탈 털어 집에 정식으로 스튜디오를 차렸다. 전문 마이크와 방음벽을 설치하고 조명기도 큰맘 먹고 구입했다. 좁은 옥탑방이 더 좁아졌지만 우리의 포부는 커졌다.

하오는 새로운 시도를 계속했다. 유명 연예인과 셀럽들의 화장법을 모방했고 1900년대부터 2020년까지 서양과 동양의 시대별 메이크업 변천사를 자신의 얼굴에 구현했으며 피부 관리 강연까지 잊지 않았다. 그러기 위해서는 우선 화장기 없는 맨얼굴을 드러내야 했다.

"어차피 이렇게 된 거 그냥 버거 이퀼 강하오로 살려고."

하오는 결심한 듯 말했다. 꾸준히 올리니 점점 구독자 수가 늘어나기 시작했다. 어느 분야나 마찬가지겠지만 유튜브는 꾸준함이 중요했다. 한번에 히트 치는 영상을 만들겠다는 생각도 무리였고 그런 영상은 수많은 회차 중 어쩌다 나오는 것이었다. 이런 플랫폼의 장점은 누구에게나 열려 있다는 점이다. 서류나 면접으로 거르지 않았다. 학연이나 지연이 통하지 않았다. 언제나 일할 수 있었고 내가 열심히 한 만큼 성과가 있었다. 의심하지 않고 열심히 일해도 된다는 사실에 안심이 됐다. 그러자 일할 맛이 났다.

나도 그에 따라 영상을 편집하고 올리고 자료를 정리

하는 등 분주해졌다. 우리의 모토인 '외면은 아름답고 내면은 지적이게'에 따라 화장의 산업, 역사, 성분 소개를 위한 자료 조사도 빠질 수 없었다. 그렇게 꾸준히 업로드를 했더니 점점 조회수와 구독자 수가 늘어나 광고도 붙기 시작했다. 통장에 돈도 조금씩 차올랐다. 우리는 점점 바빠졌다. 그전에 직장을 다니던 시절만큼은 아니었지만 매달 월급처럼 입금이 되고 늘 얻어먹던 유화에게 치맥도 쏠 수 있게 되었다. 무엇보다도 좋아하는 일을 하니 마음이 편했다. 우리 채널의 이름은 '황소버거'다. 황소가 뒷배경으로 들어가기 때문에 그렇게 지었다. 뷰티 채널에 웬 황소냐 생각하겠지만 황소처럼 우직하게 밀고 나가겠다며 아무 말이나 갖다 붙였더니 나름 신선하다는 평을 받았다. 우리는 결과에 연연하지 않고 남들과는 다른 길을 걷기로 했다. 그게 우리의 생존 전략이었다.

그 와중에 짬을 내어 소설도 다시 쓰기 시작했다. 코스메로드를 배경으로 한 소설이었다. 짧은 기간이었지만 그곳에서 만난 사람들과 사건들에 관한 이야기다. 이건 에스에프도 무협도, 그렇다고 로맨스물도 아니다. 마이너리그 청춘들의 성장담이라고 하면 어떨까. 물론, 사랑 이야기가 빠지면 재미없겠지.

남자 주인공과 여자 주인공은 동거하기로 했다. 지금

까지도 했지만 조금 의미가 달라졌다. 월세도 각각, 식비도 각각 똑같이 나누어 내는 공평한 하우스메이트가 되기로 한 것이다. 진도는 팍팍 나갔냐고? 사실 진도는커녕 그날 이후 어색하기만 했지 관계를 정의 내리는 약속이나 의식 같은 건 없었다.

나랑 사귈래, 죽을래.

이 술 먹고 나면 나랑 사귀는 거다.

뭐 이렇게까지는 아니더라도 뭐라도 있음 이렇게 꿈이었나 싶진 않을 것이다. 남주는 여느 때처럼 여주를 대한다. 장난을 치고 놀리고 그러면서도 챙기는 것을 잊지 않고 여전히, 다정하다. 그렇게 그들은 서로를 구독 중이다.

이 소설은 아주 길어질 것 같다. 어쩌면 평생 연재해야 할지도 모르겠다. 이제야 나는 내가 뭘 하고 싶은지, 뭘 해야 할지 알 것 같으니까.

2008년 장 폴 아공 로레알 회장이 한국에 방문했을 때 그는 이런 말을 했다.

"화장품을 브랜드의 이미지나 포장으로 승부하던 시대는 끝났습니다. 미래의 화장품 시장은 근본적으로 기술력의 차이로 판가름이 날 것입니다. 왜냐하면 한 번 사용해본 소비자는 결국 품질의 차이를 느끼고 효과가 좋은 제품을 선택할 것이기 때문입니다. 기술이 없는 회사는 자연 도태되겠죠."

이젠 브랜드가 아닌 전 성분을 보고 선택하는 시대다.

작가의 말

2012년 여름, 나는 인도 북부 히마찰프라데시주의 풀가에 있었다. 당시 나는 두 곳의 대학에서 수업을 하는 강사였는데 늘 그랬듯 개강과 동시에 종강 디데이를 맞춰놓고 방학만을 손꼽아 기다렸다. 성적처리가 끝나자마자 인도 가는 비행기에 올랐다. 두 번째 인도행이었다.

원래 목적지는 마날리였다. 뉴델리에서 북인도로 가는 14시간 장거리 밤 버스에 올랐을 때 동양인은 나 혼자였다. 내 옆자리에는 짙은 갈색 곱슬머리를 하나로 묶은 키 큰 남자가 앉았는데 그는 프랑스어 억양이 강한 영어로 자신을 줄리앙이라고 소개했다. 그는 흰색 얇은 리넨 셔츠에 통 넓은 감색 면바지를 입고 있었는데 마치 호쾌한 그리스인처럼 보였다. 반면 인도에서 몇 번 버스와 기차를 타본 나는 윈드점퍼에 목도리에 봄가을용 침낭까지 단단히 준비한 터였다. 잠시 후 버스는 어디 얼어죽어봐라 싶은 기세로 살인적인 냉방을 틀었고 나는 기다렸다는 듯 목도리를 두르고 침낭을 넓게 펴서 덮었다. 내 옆에서 달달 떨고 있는 프랑스 남자에게도 끝자락을 권했다. 그는 내게 자신의 삶을 구했다며 중간에 들른 휴게실에서 뜨거운 차이 한 잔을 샀다.

줄리앙은 파리에서 운영하던 작은 게스트하우스를 접고 7년 만의 휴가를 즐기는 중이라고 했다. 얘기를 듣고 보니 그의 인도 여행은 한두 번이 아니었다. 7년 전, 마지막으로 왔던 인도에서 파라다이스를 봤는데 지금 그곳에 가는 길이라 했다. 그곳의 이름은 풀가. 나는 곧 지도를 펼쳐 풀가를 찾아봤지만 내 가이드북에 그런 지명은 없었다.

론리플래닛에도 나와 있지 않은 그 작은 마을 이야기를 달리는 버스 안에서 그에게 들었다. 창밖으로 새벽이 동터오르고 있었다. 7년 전 풀가에 처음 갔을 때 전기가 들어오지 않아 밤이면 초를 켜야 했다며 그는 가방에서 양초를 꺼내 보여주었다. 그의 이야기에 귀 기울이던 나를 비롯한 앞자리, 옆자리 이국의 여행자들은 그런 곳이 있다고?를 반복하다가 결국 줄리앙을 따라 무작정 버스에서 내리고 말았다. 풀가에 대한 환상과 설렘을 안고. 우리는 버스를 한 번 갈아탄 후 택시를 타고 한 시간을 더 갔다. 거기서부터는 찻길이 끊겼다. 20kg의 배낭을 멘 채 산 하나를 넘었다.

마침 비가 온 후라 산길은 질퍽거렸고 운동화는 자꾸 미끄러졌다. 여행자의 배낭 무게는 그의 전생 업의 무게라고 했던가. 어깨가 천근만근이었다. 이렇게까지 해야 하나 싶을 무렵, 눈앞에서 운무가 걷혔다. 줄리앙의 말이 맞았다. 그곳에서 나는 이번 생에 이곳을 다시 올 수 있을까 싶은 천혜의 자연, 천국을 목격했다(다행히 전기는 들어와서 양초를 쓸 일은 없었다). 그렇게 시간을 잊고 하루하루 무릉도원을 즐기던 중 나는 속세로부터 한 가지 소식을 전해 듣게 된다. '다음 학기 강의 없습니다.' 백수 예약 통보였다.

천국에 있으니 속세의 이야기가 와닿을 리 없다. 나는 콧노래를 흥얼거리며 그럼 게스트하우스에서 관광객들에게 라면을 끓여 팔자, 생각했다. 그렇게 내책 없이 인도에 남을 생각이었다. 어사피 백수인데 뭐. 이렇게 내 뜻을 밝히자 메일로 지도교수님이 말씀하셨다. 박사가 끓인 라면은 개도 안 먹는단다. 돌아오너라(저는 박사수료인데요).

그리고 당시 화장품 로드숍을 운영하고 있던 친오빠도 말했다. 점장이 나갔다. 와서 카운터를 보거라. 오빠는 감언이설로 오지에 남으려는 나를 꼬셨고 마침 돈도 떨어졌다(천국이지만 이상하게도 돈이 술술 나갔다).

비가 부슬부슬 내리던 날이었다. 북인도는 기온이 낮았고 지대가 높아 습도도 높았다. 집에 가야 한다고 생각하니 마음이 울적해졌다. 나는 늘 하고 싶은 것과 해야 하는 것 사이에서 갈팡질팡했다. 그때의 한국은 내게 되는 일이 하나도 없는 곳이었다. 숙소 1층은 레스토랑이었다. 비가 와서 나가지 못한 여행자들 사이에 줄리앙이 있었다. 그의 옆에 앉아 뜨겁고 달콤한 차이를 주문했지만 마음은 여전히 추웠다. 그런 내 어깨를 쿨하게 툭, 치며 줄리앙이 말했다. 남들 신경 쓰지 마. 너 하고 싶은 거 하며 살아.

며칠이 지났다. 나는 천국을 뒤로하고 다시 도보로 산을 넘고 택시를 탄 후 버스를 두 번 갈아타 뉴델리에 도착했다. 그리고 한국행 비행기에 올랐다.

사흘 후 나는 대한민국 서울, 외국인 상권의 화장품 매장 직원이 되어 있었다. 한국 국적 직원은 나 혼자였다. 그곳에서 이국의 사람들을 많이 만났다. 그들은 직원이었고 손님이었다. 그리고 시간이 흘러 우리는 친구가 되었다.

줄리앙이 그랬던 것처럼 향란, 춘영, 경란, 미영, 빙빙, 아유도 내게 자신들의 이야기를 들려주었다. 자신이 태어나 살았던 땅의 문화와 유년의 기억, 가족 이야기. 어느덧 나는 그들의 세계로 달려가고 있었다. 버스를 타고 산을 넘어 낯선 땅으로. 이 소설은 그 1년간의 경험을 토대로 만들어졌다.

줄리앙과는 페이스북으로 가끔 서로의 안부를 묻는다. 그는 여전히 캐러밴에 짐을 싣고 유럽 전역을 떠돌며 여행자의 삶을 살고 있다. 늙은 개 한 마리와. 그는 지금도 가끔 나에게 묻는다. 네가 하고 싶은 것을 찾았느냐고. 이 책을 그의 캐러밴으로 보내줄 수 있다면. 그의 질문에 대한 답이 될 수 있을까.

김하율

참고 자료

화장품 회사와 관련한 이야기에 대해서는 전성식을, 1980년대의 광고 속 여성상에 관해해서는 최은섭·안준희를, 유화제에 대해서는 김동찬을, 천연과 합성물질의 분자구조와 아름다움 추구 프로그램에 관한 부분, 특히 '화장은 자아를 돌보는 행위라는 것. 늘 흔들리고 불안정한 우리의 자아를 만지고 두드리며 견고하게 만드는 작업'이란 문장은 최지현 님의 글에서 착안했다. 도시풍속화장전에 관한 글은 야마무로 히로미에게서, 아이섀도의 색명은 이애리의 석사 논문을 참고했다.

김동찬, 『올 댓 코스메틱』, 이담북스, 2018.

도미니크 파케, 『화장술의 역사』, 지현 옮김, 시공사, 2007.

야마모토 조호 외 8인, 『명동 길거리 문화사』, 한국학중앙연구원출판부, 2019.

야마무로 히로미, 『화장의 일본사』, 강태웅 옮김, 서해문집, 2019.

이애리, 『국내 화장품 브랜드의 아이섀도 색명 분석』, 서경대 미용예술학 석사, 2005.

전성식, 『세계의 10대 화장품 회사』, 키메이커, 2015

최지현, 『화장품이 궁금한 너에게』, 이덕환 감수, 창비, 2019.

최은섭·안준희, 『화장품 광고와 아름다움의 문화사』, 커뮤니케이션북스, 2019.

버츠비의 일화에 대해서는 다음 사이트를 참고했다.

https://brunch.co.kr/@smalltalkk

전 성분 표시제에 관해서는 다음 사이트를 인용했다.

https://100.daum.net/encyclopedia/view/58XX49100010

재중동포, 조선족 삶과 역사에 관한 전반적인 이해를 위해 다음 서적을 참고했다. 특히 박영희 작가의 책들이 인상적이었다.

김지선, 『연변으로 간 아이들』, 눈빛, 2000.

김지연, 『나라를 버린 아이들』, 진선북스, 2002.

김호림, 『연변 100년 역사의 비밀이 풀린다』, 글누림, 2013.

박영희, 『만주를 가다』, 삶창, 2008.

박영희, 『만주의 아이들』, 문학동네, 2011.

박영희, 『해외에 계신 동포 여러분』, 삶창, 2014.

성병오, 『중국 속의 이방인』, 도어즈, 2015.

이상규, 『연변, 조선족 그리고 대한민국』, 토담미디어, 2008.

인하대학교 한국연구소, 『연변 조선족의 역사와 현실』, 소명출판, 2013.

조선족 아이들과 어른 78명, 『엄마가 한국으로 떠났어요』, 보리, 2012.

조현국·추이헌릉, 『중국의 숨은 보석, 연변』, 직지, 2015.

오랜 시간 구상한 만큼 많은 분들의 도움을 받았다. 드래그퀸에 관해서는 나나영롱, 김치님의 사진과 인터뷰를 참고했다. 본문에 나와 있는 중국어 감수는 권하얀, 연승하님의 수고를 받았고 코스메로드의 초기 지도 작성은 장미, 구슬지 작가의 재능기부를 받았다. 작업 당시 호텔 프린스에서 한 달 동안 레지던스로 지냈는데 명동 구조에 대해 조사하기 좋은 기회였다. 관계자분들의 협조로 호텔의 생리와 에피소드에 관해서도 들을 수 있는 소중한 시간을 주신것에 감사드린다. 이 소설의 제목은 나의 건장한 뮤즈, 배은서님의 아이디어다. 나와 한때 한솥밥을 먹었던 이국의 친구들에게 그리고 오지에서 너를 꺼내어 이런 기회를 주었던 김인건, 이경아님께 감사드린다.

김 하 율 | 서울에서 태어나 단국대 문예창작학과 박사 과정을 수료했다. 2013년 실천문학 신인상으로 데뷔, 2021년 한국출판문화산업진흥원 우수출판콘텐츠로 선정된 첫 소설집 《어쩌다 가족》을 출간했다. SF 페미니즘 앤솔러지 《우리가 먼저 가볼게요》에 참여했으며 한국문화예술위원회가 주관하는 아르코 창작기금을 받았다.

폴앤니나 소설 시리즈 007

나를 구독해줘

초판인쇄	2021년 11월 19일
초판발행	2021년 11월 19일
지은이	김하율
펴낸이	김서령
책임편집	이진
편집	김은경
디자인	이신애
제작	최지환
제작처	영신사
펴낸곳	폴앤니나
출판등록	2018년 3월 14일 제2018-09호
전화	070-7782-8078
팩스	031-624-8078
대표메일	titatita74@naver.com
블로그	blog.naver.com/paul_and_nina
인스타그램	@titatita74
ISBN	979-11-91816-07-5 03810

이 도서는 한국문화예술위원회의 2018년도 아르코문학창작기금 지원사업에 선정되어 발간된 작품입니다.

이 도서는 2021년 경기도 우수출판물 제작지원 사업 선정작입니다.